JN097312

ツミデミック

一穂ミチ

光文社

ツミデミック

T S U M I D E M I C

contents

装画　目黒礼子

装幀　岡本歌織（next door design）

違う羽の鳥

夜の雑踏のただ中にいる時、死後の世界ってこういう感じかな、とぼんやり考える。朝では駄目だ。会社なり学校なり、人々の「目的」があまりにもはっきりと見えすぎて空想が働かない。街灯やネオン看板に見下ろされながら人波に抗わずただ揉まれ、流されするうちに自分というものがどんどんなくなっていく気がする。見知らぬ誰かとすれ違い、ぶつかり、触れるたびかつお節のようにうっすら削られて記憶も自我も散り散りになる。わずかずつの喪失には痛みも恐怖もなく、気づけば魂は小指の先ほどの大きさになり、それもみるみるうちに擦り減って、あ、あ、と思う間に消えていく——その果ては完全な無か、生まれ変わりなどという制度があるのか、優斗にはわからない。わからないが、その想像はいつも優斗をすこし楽にしてくれた。誰だって、どう生きようが、結局辿り着くのは同じ場所だと思うと、足のだるさに耐えながら人混みの中で声を張り上げている自分自身を慰めることができた。

「お食事お決まりですかあ」

「居酒屋お探しですかあ」

「すぐ入れまーす」

引っきりなしに差し出すビラは十枚に一枚も目に留めてもらえない。週末の午後八時、一軒目を物色する客と二軒目を逡巡（しゅんじゅん）する客で繁華街はごった返していた。通りの左右にはカラオケ屋と飲み屋とチェーン飲食店の看板が点（とも）り、回り、点滅している。そこに飲み放題だのサービスデー半額だのという手書きのポスターや立て看板まで加わった光景は、遠目に見ると外国のけばけばしいジェリービーンズを大小取り混ぜ撒（ま）き散らしたようで、こんなおびただしい情報を毎日摂取させられていると、自分の目はいつか「色」に飽きてすべてがモノクロに映るんじゃないかと思えてならない。

「お兄さんたち、二次会ですか、個室ありますよ」

「焼き鳥？」

「はい、おいしいですよー」

「あ、俺食いたい、でも歩くのだりぃ」

「すぐ近くですよ、座敷もありますしお寛（くつろ）ぎいただけます」

「ふーん、じゃあまあいいか」

ほろ酔い加減のサラリーマン四人組を首尾よく捕まえ、店までアテンドすることができた。入り口のスタッフに引き渡すと思わず小さなガッツポーズが出る。二次会目当ての客はアルコールでガードが下がっている反面、値段や席について面倒な駄々をこねる輩（やから）も多く、この四人はアタリだった。三千円×四人と見積もって優斗の取り分は千二百円、五時から引いているので今のところ時給四百円はちっとも喜べる成果じゃないが、ボウズだったきのうとは雲泥の差だ。

新しい感染症が流行り始め、繁華街の客足は明らかに鈍っていた。数打ちゃ当たるで客を引っ張る方針のありふれた居酒屋には厳しい状況で、歓送迎会シーズンやＧＷのひと稼ぎには期待できそうにない。

新しいバイト探さな、飲食以外で何か……。

先が見えない生活は今に始まったことでもないが、未知の病という、去年まで思ってもみなかった不確定要素が不安に拍車をかけていた。何でこないなってもうたんやろ、と無意味な繰り言を脳内でリピートしながら機械的にビラを突き出し、声をかける。

ふと、視線を感じた。騒がしい場所でも自分の名前を呼ばれたら耳に引っかかると聞いたことがあるが、それと同じで、誰もが優斗を邪魔な障害物か石ころ程度にしか見なしていないこの雑踏で、どこからか意味のある眼差しが注がれている。

誰や。軽く周囲を見回すと、すぐに若い女と目が合った。若い、といってもざっくりした印象に過ぎず、マスクのせいで「たぶん二十代には収まる」くらいの推測しか立てられなかった。ひしめくネオンに痛めつけられた目がさらにちかちかしてきそうな金髪、真っ赤なトレンチコート、コンパスみたいなハイヒール、どれを取っても攻撃力が高そうな女で、もちろん面識はなく、優斗は慌てて目を逸らした。きっと自分の勘違いで、ぐずぐずしていたら「見てんじゃねーよ」と罵倒されるか、悪くすればどこからともなく男（ホスト or 反社風）が現れてオラついてくるに決まっている。

見ていませんよ、とわざとらしいほど明後日の方向を向いて呼び込んでいると、その女がヒールをこつこつ鳴らして近づいてくる気配を感じ、やばいと思った。ちょっとでも遠くに逃げるか？　けど仕事中やし……迷っている間にもう女は傍に来て、勘違いしようのない距離から優斗を凝視する。やばい。何で？

「あ、どうも……」

おもねるような半笑いを漏らす優斗に、女が尋ねた。

「ひょっとして、関西の人？」

「え？」

「さっきしゃべってる時、イントネーションが」

と言う女の発音も懐かしい地元の抑揚で、優斗は思わずタメ口で「うん」と答えた。

「わたし、大阪やねんけど」

「まじで？　俺も」

「市内やったりする？」

「あ、うん」

「えー、嬉しい」

長いつけまつげを瞬かせて笑うと、途端にあどけない雰囲気になる。二十歳の優斗とそんなに変わらないのかもしれない。女は「ひとりでもいける？」と優斗が持っていたビラを指差した。

「うん、全然いける、カウンター席あるし」

「案内してくれる？」

「もちろん」

派手な見た目とは裏腹に、大阪から出てきたばかりで心細いのかもしれない。優斗は自分の懐を痛めるわけでもないドリンク一杯無料券を「これ使って」と得意げに差し出した。受け取る女の爪は細く長く、電飾ばりにラインストーンでデコってあった。

「ありがとう」

女はそっと優斗に耳打ちする。

「仕事、何時まで？」

心拍数が一気に跳ね上がるのがわかった。

「……十時」

「結構早いねんな」

「あんま粘っても、みんな終電あるから帰っていくねん」

そう、この、ひとつの巨大な生き物みたいな人流のうねりは夜な夜なほどけ、散っていく。個々の帰るべき場所へ向かう。潮が引くように雑踏の密度が薄れると優斗はいつでも夢から覚めたみたいに寂しい気持ちになった。

「ふーん。ほな、十時過ぎたらこの辺で待っとったらええ?」

「あー……うん、きょうは大丈夫」

端(はな)から予定などないのに見栄(みえ)を張ると、女は「ほな決まり」と優斗の腰の後ろに柔らかく指を沿わせた。

「どっかで飲み直そ」

正直、半信半疑だった。からかわれただけかもしれない。今頃、下心丸出しの間抜け面(づら)がSNSに晒されているかもしれない。でもバイトを終え、裏口から店を出ると女は本当に待っていた。優斗に気づくと「お疲れー」と前からの知り合いみたいに手を振る。

「歩合(ぶあい)なんやろ? 頑張って飲んで食べたで」

「知ってる。会計五千円以上いっとったやろ、ありがとう」

日払いで受け取った給料は五千円弱、悪くはなかった。今夜のうちに使ってしまう、どころかマイナスになる可能性もあるが。「行こ」と女はいとも自然に腕を絡めてくる。

「わたしの知ってる店でええ?」

ぼったくり、美人局(つつもたせ)、という言葉が優斗の脳裏をよぎると、見透かしたように「疑ってんの？」とさらにしがみついてきた。コート越しに当たるやわらかな胸の感触が五時間の立ち仕事の疲労を吹き飛ばしてくれる。

「お給料巻き上げたりせえへんから安心して」

その言葉が嘘でも構わないと思った。東京に出てきて、いや人生で初めての逆ナンだった。化粧が濃すぎるけれど細身なのにしっかり胸があって余裕で許容範囲――と早くも下衆な皮算用に心躍らせ、女に連れられるまま小さなバーに入った。細く入り組んだ路地を右へ左へ入った袋小路にある店で、元の大通りに戻れるやろかと子どもみたいな心配をしてしまう。

うなぎの寝床式のカウンターバーのいちばん奥に通されると、優斗は壁のラックに上着を引っ掛け、「東京来て長いん？」と尋ねた。

「五、六年かな。何で？」

「めっちゃ上級者の店やん。俺、こんなとこまだよお入らんわ」

「上級者て」

女はくすくす笑い、バーボンソーダに口をつけた。マスクを外しても、一向にメイクは崩れていない。真っ赤な口紅がグラスにすこしも移っていないのを、手品でも見るような気持ちで眺める。

「名前は？」

「及川優斗」

「大学生?」

「んーん、ずるずる行かんくなって一年で中退した」

「えーもったいな。何かやなことあったん?」

「第一志望ちゃうかってん。でも親が浪人させてくれへんかって」

一限に寝坊するたび、講義がつまらないと感じるたび、友達ができずに学食でぽつんとうどんを啜るたび、俺のせいとちゃう、ほんまに行きたいとこちゃうからや、と自分に言い訳をした。長い夏休みをだらだら過ごしたら大学に足を運ぶ気など消え失せ、かといって実家に戻って親の小言を聞かされるのもごめんだった。体力と暇さえあれば、バイトを掛け持ちして自分ひとり食いつないでいくことはそう難しくない――二十歳現在は。

「自分も名前教えてや」

「平仮名でなぎさ」

「名字は?」

「井上」

井上なぎさ。フルネームを口に出さず唱えると、生ビールのパイントグラスを持った手が強張った。その名前を知っている。まじまじと女の顔を見つめても素顔が判然としないほど手の込んだフルメイクが視線を弾き返す。

「どしたん?」

「いや、何でもない」

特に変わった名前でもない。単なる同姓同名や、と自分に言い聞かせる。だって、井上なぎさは。

「井上さんは、」

「なぎさでええよ、優斗くん」

「なぎさちゃんは何歳なん?」

「やや、そんなん訊かんとってよ」

媚びた拗ね方は計算と習熟を感じさせ、いつもこんなふうに男をかわしたりはぐらかしたりしてるんやろうなと思わせた。

「ほんなら、何してる人?」

「愛人」

かと思えば直球すぎる回答に優斗はたじろぐ。カウンターの向こうのバーテンダーはいっさいの雑音を遮断したような澄まし顔でグラスを磨いている。ほかに客はいない。

「『パパ活』って逆にダサない? 愛人のほうがかっこええやろ。安心して、急に怖いお兄さんが押し入ってきたりせえへんから」

「別に心配してへんけど?」

「嘘やん、めっちゃ入り口チラ見してるもん」

気恥ずかしさにビールを一気飲みした。家で飲む発泡酒より断然うまい。しんなりとやわらかい茹で落花生も塩加減が絶妙で、こんな店に気負いもなく立ち寄れるなぎさを大人だと思った。同時に、あの「井上なぎさ」とは全然違う、とも。

「愛人歴はどんくらい？」

「東京来てからとおんなじくらい」

「プロやん」

「そう。人口多いといろんな人間がおるからね、需要と多様性は大事」

悪びれず、赤い唇をにっと引き上げてみせる。

「危ない目に遭えへんかった？」

「それなりに」

多くを語らないさらりとした口ぶりが、却って恐ろしい。優斗は中学生の一時期のめり込んでいた、ある遊びを思い出す。誰にも話したことがないひそかなストレス解消法で、始めたきっかけも遠ざかったきっかけも井上なぎさだった。あんな遊びに耽っていたこと自体、忘れてしまっていた。アカウント、どないしたっけ。半ば無意識にスマホをいじる手元を、なぎさが横目で見ている。

「キャッチしとって、地元の連れにばったり会うこととかある？」

「ありそうでないな。気づかずスルーしてるだけかもしらんけど、こんだけ人おったら遭遇確率なんかめっちゃ低いやろ」

「そんなもんやんな。せやから、大阪出身ぽい人見たら声かけてまうねん」

「手当たり次第？」

割と、となぎさは頷く。

「何で？」

こんなメジャーな方言、東京でも珍しくない。大阪の人間は、訛りを隠そうとする意識が低い（と勝手に感じている）。

「都市伝説みたいなやつやねんけど、知ってる？」

唐突になぎさが尋ねた。

「K駅における『踏切ババア』」

その言葉に背中のうぶ毛がぞぞっと逆立った。まさか。何やこいつは。誰や。思わず軽く身を引くと、なぎさは「あれ？」と嬉しそうに肩を寄せてくる。

「ひょっとして知ってる？　まだおるんかな？」

「おい」

「うん？」

「どういうつもりや」

「何が？」

「……俺は、井上なぎさを知ってる」

「え、知り合い？　すごーい、ほんまにばったり会うたやん」

　ぱちぱちと軽く手を叩き「どこで一緒やったっけ？」と小首を傾げる。

「ごめん、わたし人の顔と名前覚えるん苦手やから」

「ふざけんな」

　無理やり声を押し殺そうとすると、そのぶん指先がわなわなしてきて堪えきれず、カウンターにどんっと拳を押しつけた。つややかな一枚板の卓は当然びくともせず、バーテンダーは表情を変えず、なぎさも笑顔を崩さなかった。

「井上は――井上なぎさは死んだんや、線路に飛び込んで。お前の言うてる『踏切ババア』って、井上のお母さんやないか。ネタにしてええことちゃうぞ」

　最初から知ってて俺に声かけてきたんか？　いや違う、そんなわけない。あれは、俺と井上しか知らんはずや。混乱と怒りと得体の知れない恐怖で小刻みにふるえる拳に、なぎさがそっと手を添えた。鈍い照明に反射する、ちゃちなラインストーン。井上なぎさはこんなけばけばしい女じゃなかった。中学三年生だったのだから当たり前だ。もし大人になっていたら、髪を染め、爪を飾り立てただろうか？　ありえへん、と思う。でも十五歳の優斗は、二十歳の自分がこんな体たらくだと予想もしていなかった。

「ねえ」

なぎさが甘ったるい声でしなだれかかる。

「二階で、落ち着いて話そ？」

トイレかと思った扉の向こうは狭く急な階段で、上がると三人並んでも余裕のでかいソファとテーブルがあり、一階よりさらに薄暗かった。ソファの後ろの壁にネオンサインのディスプレイが掛かっていて、うねうねとした筆記体の青白い文字を解読できずにいると、見透かしたようになぎさが「『Birds of a feather flock together』」と言った。

「同じ羽の鳥は群れる——類は友を呼ぶってこと」

「うん」

そんくらい知ってるわ、という顔をしながら、なぎさの滑らかな発音にどぎまぎしていた。井上なぎさも英語が得意だった。漫画みたいにテストの順位が廊下に貼り出されなくても、一学年四クラスの集団で自然とそういう情報は耳に入ってきた。優斗は井上なぎさと同じクラスになったことはなく、まともに会話したのも一度きりだった。

その優斗に、なぎさが尋ねる。

「うちら、どこで知り合うたっけ？」

まだ言うんか、と腹が立ったが、自分が怒鳴ろうが手を上げようが、隣に座るなぎさはみじんもびびらないだろうという確信があった。人生の厚みというか、越えてきたハードルの数が違う。言われるまま二階に来た時点で優斗の負けは確定しているのかもしれない。無口なバーテンダーが透明な酒の入ったショットグラスをふたつ運んできた。

「中三の、選挙管理委員会」

優斗は答えた。年に一度、生徒会役員を決める時だけ集まる委員で、通年で何らかの雑用を押しつけられるほかの委員より楽だった。形式的な投票が終わると、たまたま優斗と井上なぎさが、選挙に関するポスターを剝がして回るよう教師に言いつけられた。

「ああ、そういえばやったわ、選管」

なぎさが軽く頷く。

「塾と授業の記憶ばっかりで忘れとった。A中やんな?」

中学校の名前は合っているし、井上なぎさは常にトップクラスの成績だったから自然な反応だった。

「そうそう、一、二年と生徒会役員やったから、もう内申書大丈夫でしょ、三年は忙しいから拘束時間の少ない委員にしなさいってママが言うてん。優斗くんとどんな話したっけ?」

「裏アカ」

優斗は答えた。

「――からの、『#家出少女』」

なぎさがショットグラスを一気に空け、真っ赤な唇を舌でぺろりと舐めた。

「……ああ」

学校じゅうの掲示板から手分けして剝がしたポスターを放課後の教室に持ち寄り、優斗は途方に暮れていた。委員会担当の教師に渡して任務完了のはずが、緊急職員会議とかで、職員室の扉には「生徒の入室厳禁」という札がかかっていた。早く帰りたい、けれど強引に突入する勇気はなく、井上なぎさと半端に離れた席でぽつんぽつんと座っていた。五月の終わり、だいぶ長くなった日がそれでも傾きかけ、西向きの窓の外が徐々に茜色に染まりつつあった。

――いつまでかかるんやろ。

違うクラスの女子と気さくに話せるような性格でもなく、井上なぎさも成績以外は目立たない、大人しいタイプだった。沈黙の重さに優斗から会話の口火を切ると井上なぎさは困ったように「さあ……」と眉尻を下げた。

――六時過ぎたら部活終わって、みんな鍵とか返しに行くと思うけど。

――あと三十分くらいあるやん。

もちろん責めたつもりなどない。けれど彼女が申し訳なさそうに両肩を縮めたので、優斗は慌てて「先生適当すぎるよな」と教師に批判の矛先を向けた。

――用事言うだけ言うて放置とか……会議ってどうせあのことやろ、二組の桜田とかが、ツイッターの裏アカ作っていろんなやつの悪口書き込んどったっていう。

――え、うちのクラス？　全然知らんかった。

――何か、五、六人でやっとったらしくて、それがバレて二組今めっちゃギスってるらしいやん。

――へえ……。

遠い国の内戦の話でも聞かされたような反応だった。秀才はスクールカーストの小競り合いとは無縁なのかもしれない。淡白な態度を、ちょっとかっこいいと思った。

――ツイッターとか、やってる？

――ううん。

とんでもない、というふうにかぶりを振る反応は優斗の予想どおりだったが、井上なぎさは思いもよらぬことを口にした。

――でも、ハッシュタグで検索したりはする。

――どんな？

――『家出少女』。

――え？

――あとは『神待ち』とか。

優斗は困惑した。それって、身体売ったりしてるやつってことやんな。わざわざそんな探してまで見てんの？

――何で？

恐る恐る尋ねると、「うーん」と気弱な微笑が返ってくる。

――みんな大変やねんなあ、って。

あまりに雑というか、漠然とした理由だった。なぜ、そのように不穏なハッシュタグでなければならないのか。しかし突っ込めるほどの間柄ではないので押し黙ると、井上なぎさは「ごめんね、変なこと言うて」と目を伏せた。暮色の翳りを帯びたせいか、その表情は優斗よりずっと大人びて、そして優斗にはわからない憂いに満ちて見えた。胸が締めつけられるような気持ち、というものを生まれて初めて味わった。ろくにしゃべったこともないのに、井上なぎさが何らかの悩みを抱えているのなら、力になりたいと思った。放課後の教室にふたりきりというシチュエーションに浮かれただけかもしれない。それでも優斗はその時、確かにそう思った。

けれど「俺でよかったら話聞くで」なんて切り出す度胸はなかった。

――井上、塾とかあるんちゃうん。先生には俺が渡しとくから、先帰ってええで。

――え、でも。

――ええって。あんま遅なったら、帰り道危ないしな。

優斗に示せる精いっぱいの「男らしい配慮」だった。

――どうもありがとう。

井上なぎさは席を立つと、優斗のところに近づいてきて「これ」と何かを差し出した。

――あげる。

――えっ？

切手ほどの大きさの、プリントシールだった。

――え、これ、井上さん？

――うん。

井上なぎさは恥ずかしそうに頷いた。てかてかした小さな用紙には顔を寄せ合うふたりの少女が写っていたが、どちらも加工しすぎて元の造作がわからない。顎は鋭角に尖っているし、顔面からはみ出しそうなほど拡大された目には百足をくっつけたようなまつげが生えている。マットなフィルターが顔の輪郭をふわりとぼかし、その下には西暦と先月の日付、それから「親友」というへたくそな手書き文字がネオンカラーで輝いていた。

――友達と撮ってんけど、渡す人おれへんし……。

――友達、全然キャラ違うやん。うちの学校の女子？

——ううん。でも、何でも話せるねん。

——そうなんや。

——全然捨ててくれてもいいから。

そう言われても、人が写った写真をおいそれと処分できない。ひとりになってから、そのシールを生徒手帳に挟み、ワイシャツの胸ポケットにしまった。わざわざ捨てるほどのもんでもないやん、と誰にともなく言い訳めいたことを思う。気づけば教室は暗く、西の空はかき氷のいちごシロップを溶かしたような、毒々しいほど鮮やかな夕焼けだった。

井上なぎさが言った『#家出少女』を検索してみたのはそれから一週間ほど経った深夜だった。勉強に飽き、リビングの充電スタンドに挿さったスマホをこっそり部屋に持ち込んだ。塾から帰ってきたら触らない、というのが親との取り決めだった。何の気なしに『#家出少女』と入力すると、たくさんのアカウントが引っかかった。

「親と喧嘩しました」「残金千円ないです」「今晩泊まるところがありません」……真偽の怪しいいくつものSOSに、これまた虚実定かでないリプライがぶら下がっている。「大丈夫?」「二十三区内なら車出せます」「話聞くよ」……。

きっしょ、と毒づき、顔をしかめながらも優斗はそれらのつぶやきから目が離せなくなった。塾の近所にある歓楽街のけばけばしいネオンや、そこを恥ずかしげもなく練り歩く男たちの姿が浮かび、ぞっとした。

勉強に励み、いい高校、いい大学、いい会社、と人生のコマを順調に進めたところで、あんな大人にしかなれなかったら、と考えると頭をかきむしりたくなった。高圧的な塾の講師、特定の女子生徒を粘っこい目で見る教師、米も炊けないくせに威張り散らしている父親の顔が頭に浮かぶ。あいつらだって、偉そうに説教垂れる裏では若い女を食いものにしようと狙っているのかもしれない。周りにいる「大人の男」をそうやって見下すと、嫌悪が募る反面で溜飲が下がった。こんなやつらに何を言われようが怖くないと気が大きくなり、成績の伸び悩みなど大した問題じゃないと気が軽くなり、ふしぎと勉強が捗った。優斗はたびたび『#家出少女』を検索し、都度、男たちの見え透いた甘言に鳥肌を立てながら液晶に見入った。そこでぎらぎらとグロテスクに発光する欲望に、憎みながら嗤いながら、目を凝らした。

夏休みに入ると、とうとう家出少女を装うアカウントを作った。表もないのに裏アカか、と自分ひとりでウケつつ、アイコンには井上なぎさからもらったプリントシールの写真を使った。これが誰かわかるのは本人だけだろうし、むしろ井上なぎさに気づいてほしかった。井上なぎさがなぜ『#家出少女』を検索するのか知りたかったのと、自分の話を聞いてほしかったからだ。受験や「将来」というあてどないものへの不安を、彼女となら分かち合える気がした。だって、同じものに引き寄せられているのだから。

「Nagisa_senkyo@JC」というアカウント名で、『#家出少女』とつけてでっち上げの孤独や寂しさを訴えると、たちまち二桁のDMが届いた。誰でも見られるリプライより遥かに下衆で即物的で、怖気をふるうとはこのことだった。河原や海辺の大きな石をひっくり返し、その裏で蠢く虫を観察するように優斗はそれらをチェックした。怒張した性器の画像や自慰行為の動画まで送りつけられた時には、日本って大丈夫なんかな、とスケールの大きな危惧を抱いた。そして読むだけ読んで返信はせず、タイムラインに「こないだDMで知り合った人やさしかった」などと餌を投下するようにした。コミュニケーションを取りたいわけではなかったし、下手にやり取りしてぼろが出るのも怖い。夏休みの間に、自由研究としてまとめたいほど大量のエロメッセージが集まった。もちろん、中には優斗のようななりすましやひやかしも多分に含まれていたと思う。

八月の終わり、二学期になったら、井上なぎさに話しかけてみようか、と考えた。別に『#家出少女』についてじゃなくても、塾の夏期講習の話とか、志望校のこととか……できるできないは別にして、楽しい想像だった。井上なぎさの控えめな微笑やうつむきがちな横顔を思い出し、いつどのタイミングで、どんなふうに声をかけようかとスマホ片手にシミュレーションするだけで勝手に頬が緩んだ。

でも、九月の半ば、井上なぎさはあっけなく死んだ。全校集会ではお悔やみよりも「マスコミに何か訊かれても相手にしないように」というお達しに時間が割かれた。私鉄のK

駅近くの踏切から線路に侵入し、回送列車に轢かれたらしい、という死因は表向きは伏せられていたが、あっという間に広まり、大騒ぎになった。実は裏アカ事件の被害者で中傷に苦しんでいた、いや加害者で叱責を恐れた、成績の悩み、ヤンキーの彼氏がいて妊娠していた……さまざまなゴシップが立っては消え、踏切で井上なぎさの幽霊を見たという目撃談まで飛び出し、優斗はひたすら「何でやねん」と思っていた。何で死んだんや。五月の放課後、もっと深い話をしなかったことを悔やんだ。『#家出少女』のツイートを眺め、「みんな大変」と言った彼女は何に苦しんでいたのか、本人の口から知ることはもうできない。

深夜、K駅近くの踏切におばさんが現れる、という噂が持ち上がったのは十二月の初めだった。

——え、何で、井上さんちゃうん。

——井上さんもその「踏切ババア」に引きずり込まれたんやって。

——うそ、めっちゃ怖いやん。

忘れられつつあった「井上なぎさの死」が、再び校内をざわつかせた。ある日の塾の帰り、他校に通う友人が「チャリで行ってみよや」と提案し、その場にいた数人も行こう行こうと盛り上がった。クリスマスも正月も冬期講習の予定で埋まる、受験シーズンの鬱屈がそうさせたのかもしれない。井上なぎさの顔を知っているというだけで優斗も連れて行かれた。毅然と拒否する勇気がなかった。コンビニの前で肉まんやカップ麺を食べながらだらだら時間をつぶし、終電近くになると総勢四人で十五分ほどの踏切へと自転車を漕いだ。周辺の建物は学校や町工場で、駅からそう遠くないのに夜は店どころか街灯の明かりさえまばらな、寂しい一角だった。

——うお、あれちゃうん。

先頭を走っていた友人が焦ったような声を上げ、どうせ盛り上げるための冗談だろうとたかを括っていた優斗も、踏切が視界に入ると息を呑んだ。軽い上り坂になった踏切の手前に、女の後ろ姿が見える。

——うそうそ、まじやん。

——やばない？

慌ててブレーキをかけ、こそこそ話し合う。ひとりが「待てって」と冷静に言った。

——あれ、生きてる人間ちゃう？

優斗は幽霊を見たことがない。でも、確かにあれはちゃうな、と感じた。生身の、肉と血を備えた存在感がある。それでいてどこか異様な気配を感じたのも確かだった。幽霊じゃない、けど、普通の人間でもない。

かんかんかんかん、と警報が鳴る。黄色と黒のバーがゆっくり下がり、警報灯の赤いランプがふたつ、闇の中で交互に光る。危険を知らせる赤。警告の赤。血の赤。
カーブを過ぎた電車が工場のフェンスの陰からぬっと現れたかと思うと、がたたんがたたん、けたたましい音を立てて走り去っていく。強烈なヘッドライトの光に目を細めた。こんな質量とスピードの前に自らを投げ出すことなど考えたくもなかった。でも、あいつは、井上なぎさは、ここで――。

女は通過電車の前で縫い止められたように静止し、スカートや髪を風にはためかせていた。飛び込んだり、誰かを引きずり込んだりせず、電車が遠ざかっても消えなかった。

そして、踏切のバーが上がると同時に振り向いた。

――ねえ。

優斗を含む全員、自転車のハンドルを握ったまま飛び上がりそうになった。同時に、やはりこれは生きた人間だ、と確信した。「ババア」というほどでもない、中年の女の顔と声だった。

――あなたたち、いつもこの道通ってる?

顔を見合わせ、またもいちばん冷静で大人びた友人が「いえ」と恐る恐る答えた。

――たまたま、です。

――中学生?

――はい。

やばくなったら逃げるぞ、と目配せをしながら頷く。

——あのねえ、わたしの娘がここで死んでん。

優斗は自分が飲み込みかけた唾でむせた。ごほ、ごほ、と咳き込む優斗を、井上なぎさの母親は無表情に見つめている。師走にコートも着ず、上はブラウスにカーディガンを羽織っただけだった。足元はぺたんこのバレリーナシューズ、その傍らにはいつ誰が置いたのかわからない花束が茶色くしおれ、ドライフラワーみたいに干からびていた。幽霊じゃなくても、この女に近寄るだけでしおしおと生気を吸われてしまいそうな雰囲気がある。きっと娘が死ぬ以前はこんなぼさぼさの髪形でなく、頬も痩けていなくて、目の下の真っ黒な隈もなかったのだろう。恐怖と同時に胸が痛んだ。

——それでね、娘が幽霊になってここに出るらしいねん。聞いたことある?

——え、あー……ある、ような。

——見たことは?

——ないです。

——そう……。

井上なぎさの母親はまた踏切に向き直り、小刻みに肩をふるわせた。

——あの……大丈夫ですか。

大丈夫なはずがないとわかりきっていても、そこは子どもの限界で、ほかに適切な言葉

（そんなものがあるとして）が見つからなかったのだろう。申し訳なくて、と絞り出すような声が聞こえた。

——人さまを怖がらせて、迷惑かけてるんちゃうかと思うと……せやから、ほんまにおるんやったら、わたしがちゃんと言うてあげなって……。

それ以上、誰も何も言えなくなり、自転車のサドルにまたがって来た道を帰った。気まずさにつぶされそうな思いは全員同じらしく、黙りこくったままの帰路は風がひどくつめたかった。

さっきからじーじーと妙な音がする。極小のぜんまいを巻いているような、あるいは虫の羽音のような。まだビール一杯しか飲んでへんのに、酔うたんやろか。きょろきょろと音の発生源を探しているとなぎさが「ひょっとしてこれ？」と背後の壁を指差した。

「ネオン管が放電してる音」

「ああ……」

「最近はLEDばっかやもんね——飲まへんの？」

欲しいのは酒じゃなく、つめたい水だった。でも意地になってショットグラスを呷ると、からいテキーラが喉をひりつかせた。くらくらしてくる。ほんで、と発した声はぶざまに掠（かす）れていた。

「お前、誰やねん」

「井上なぎさやってば」

「そんなわけないやろ」

　井上なぎさは確かに死んだ。二組の連中は通夜にだって参列していた。夢でも妄想でも捏造（ねつぞう）された記憶でも、ない——はずだ。

「うん、写真あげたなあ、思い出した。ふふ」

　なぎさはヒールのままソファの上で膝を抱えて笑う。

「名前も覚えてへんような子に何であげたんやろ。放課後の教室で、何かちょっと親近感湧（わ）いたんかなあ。優斗くん、うちのママ見た？」

「見た」

「奇跡やん、東京の真ん中でさあ、こんなふうに会えるとか」

　なぎさの無邪気なはしゃぎようが薄ら寒く、「生きている人間のほうが怖い」というベタな言い回しが頭に浮かぶ。あれは正しいのかもしれない。

「ママ、怖かった？　おかしなっとった？」

「ええ加減にせえ」

　精いっぱいの怒気を込めて遮（さえぎ）った。

「井上のおばちゃん、井上が化けて出るって聞いて、さっぶいなか立っとってんぞ。人怖がらして迷惑かけたらあかんからって。よおそんなひどいこと言えるな」

するると、なぎさの笑顔が一瞬で生気を失った。でも笑顔は笑顔のままで、突然人間が人形に変身したかのような不気味さに優斗はこの夜何度目かの鳥肌を立てた。

「一点一時間」

なぎさは言った。

「え?」

「テストの点、百点から一点下がるたびに一時間説教されんねん。九十八点やったら二時間、九十五点やったら五時間。風呂場で、裸で正座して。眠たくなって舟漕いだら冬でもシャワーで冷水浴びせられて。勉強もお行儀も全部減点法、マイナスのぶんだけ罰を受けなさい、ママはそんな人」

じーじー、ネオン管がか細く唸る。「いや、でも」と優斗は反論を試みた。

「線路に」

「それはね、娘に恥かかされたって怒ってんねん。せっかく傷や痣が残らんように気をつけてたのに、上品な奥さまぶっとったのに、あんな死に方して、周りにも噂されて、心霊スポットにまでなって、恥さらし、ってムカついてはるねん。幽霊になった娘でも正座させて支配できるって、ママやったら考える」

わたしがちゃんと言うてあげな、と井上なぎさの母親は確かに言った。その足下で放置され枯れ果てた花。もし娘の魂を心から案じていたら、あんな侘(わび)しい供花をそのままにしておくだろうか。新しく供えるか、せめて片づけるくらいはしてもよさそうなものだった。

「パパはいっつもフルシカトで、自分の部屋でヘッドホンしてサッカー観(み)とった。ママの怒鳴り声の合間に、パパが『うお、すごっ』とか『まじかー』とか言うてんの。うちはそんな家」

――みんな大変やねんなあ、って。

あの日の井上なぎさの言葉が、耳元で生々しくリフレインする。

「ハッシュタグで家におりたくない女の子たち探して、最初はわたしだけちゃうとか、わたしもこうしたらええんかなって思った。でも、そういう子らの中には本気で死にたがってる子もたくさんおって、考えてん。わたしの代わりに死んでもらわれへんかなって」

「何で、そんな」

「だって親を苦しめたいんやもん」

なぎさはあっけらかんと答えた。

「考えてもみて？　死んだら何もできへんねんで。あんなしょうもない人間を殺して何年も不自由な生活すんのもいや。ワンチャン幽霊になって祟(たた)れるかもって思ったけど、博打(ばくち)すぎるやん。せやから、ツイッターで友達つくった。いろんな子とＤＭでやり取りして……一年くらいして、理想の子が見つかってん。きっときょう、優斗くんに会えたんと同じで、奇跡や」

長い爪の指を折りながら「奇跡」を列挙する。

「似たような体型で、年はできれば十八歳以上、失踪しても親や警察がまともに探さへんような環境で、会える距離に住んどって、リスカ痕ばりばりでもなくて」

五本の指をたたんでから、ぱっと開いた。

「――『井上なぎさ』として死んでくれる子」

「うそや」

優斗は言った。

「そんなやつおるわけない――おったとして、すぐばれる」

「何で？」

否定を、むしろ愉しんでいるようだった。

「ほんまに親友やってん。何でも話せる、同じ羽の似た者同士。あの子は死にたくてわたしは生き延びたかった、その違いだけ。わたしが選んだ博打は、うまく顔を潰してもらえるかどうか。まあ、多少原形留(とど)めとったところで、親には見せへんかもしれへんけど」

なぎさは足を下ろすと、今度は上半身をひねり、ソファの背に肘をついて挑むように優斗を見つめた。

「井上なぎさの服を着て、井上なぎさの持ち物を持った死体が転がっとったらそれは井上なぎさなんやで？　線路脇に置いたかばんの中には遺書も入ってんねん。『理想の娘になれないから電車に撥ねられて死にます』って。今までされたこと、日付入りで書いた日記もセットで。疑う要素はいっこもない。警察がわざわざDNA鑑定したり、消去されたスマホの履歴復活させたり、すると思う？」

優斗は、からからの舌をどうにか動かして問う。

「それから？」

「それからって？」

「自分殺して、それから、戸籍もなくてどうやって生きてくねん」

「言うたやん、愛人やって」

なぎさは呆れ顔で答えた。「ネオンのびかびかしてるとこで男探すだけ。補導も、変態にエンカウントするリスクも、電車にぶつかってくよりは怖くない。東京にはいろんな人がおるから、案外どうにでもなんねん」

じーじー、じーじー、羽音は止まない。破裂せえへんのか、感電せえへんのか、優斗は不安になる。グレーのカラコンが嵌まったなぎさの目に、青白いネオン光が反射している。めまいがする、耳鳴りもする、頭が痛い。寒気がするのに、こめかみをじっとりと汗が流れ落ちていく。

「顔色悪いね」

つめたい手に押されるまま、ソファに仰向けになった。赤い唇が落ちてくる。舌もつめたかった。

「酒に、何か入れた？」

「何の話？」

頸動脈を確かめるように首筋に指を這わせ、ほほ笑む。優斗が知っている――いや、何も知らない、十五歳の井上なぎさの面影はみじんもなかった。うっすらと暮れていく放課後の教室、カーテンが作るいびつな影、端っこがすこし丸まった選挙ポスター、井上なぎさがくれたプリントシール。

「……うそや」

うまく力が入らない手で、なぎさの手首を握る。

「まだ言う？」

「あの、写真の『親友』、めっちゃ派手で髪の毛マッキンキンやった。黒髪の井上になりすますんなんか不可能や。イチから伸ばし直す時間はなかったはずやし、あんだけの金髪、無理に黒染めしても多少の不自然さは残るやろ」

見上げたなぎさの表情は、暗くてよくわからない。

「お前は、ひょっとして『親友』のほうちゃうんか」

何でも話せる、井上なぎさのことを何でも知っている唯一の人間。

「かもね」

なぎさは穏やかな声で答えた。

「どっちでもよくない？　右の翼か左の翼かくらいの話」

優斗の胸に伏せ「ぬくいね」と頬擦りをする。

「わたしはね、なぎさが生きてるって広めたいねん。なぎさは別人になって、東京でのうのうと暮らしてる……そんな噂が広まれば広まるほど、なぎさは強い存在になる。都市伝説の妖怪みたいに。いつか巡り巡って『踏切ババア』にまで届いたらおもろいやろ？　いちばん人を苦しめるんも、怖がらせるんも、『わからへん』ってことやから。せやから、大阪っぽい人見かけたら声かけてこの話してあげてんねん。優斗くんも拡散してな」

その後、自分が何と答えたのか優斗は覚えていない。ふたりぶんの荒い呼吸と止まない耳鳴りの間にもネオンはじーじー鳴いていた。

――緊急事態宣言っていうのが出るかもしれへんねやって。

なぎさはそんなことを言った。

――もし出たら、優斗くんどうする？

――どうって……家におるしかないんやろ。

――そんなんもったいないわ。わたしな、そうなったら、ここの通りを夜中に全力疾走したるねん。ネオンが消えて真っ暗な、死んだみたいな街の真ん中を、クラウチングスタートでダッシュすんねん。

めっちゃ楽しみ、というなぎさの声は少女のように弾んでいた。

目覚めた時、なぜか一階のカウンターに突っ伏していた。

「おはようございます、もう閉店時間ですので」

バーテンダーが無愛想に告げる。優斗がぱっと身を起こすと店内には誰もおらず、壁には自分の上着だけが引っかかっていた。

「あの」

「はい」

「一緒に来た女の子は」

「いえ、最初からお客さまおひとりでいらっしゃいましたよ」

「えっ」

「ビールを一杯飲んだらすぐつぶれてしまって」

そんなわけがあるか。二階へと続くドアに目をやると「STAFF　ONLY」の札がぶら下がっている。到底納得できなかったが、このバーテンダーを問い詰めたところで何もしゃべりはしないだろうと思ったので、ビールの代金を払って店を出た。全身が強張って軋む。迷路みたいな路地裏を歩いて辿り着いたはずなのにあっさりとメインストリートに戻ることができ、優斗はいよいよ自分の脳みそが不安になった。狐につままれたとはこのことだ。スマホを取り出し、ツイッターを開くと、中三の九月以来放置していたアカウントにアクセスする。ユーザー名もパスワードも、忘れていなかった。

五年前のタイムラインがそのまま表示される。こんなふうに年月に置き去りにされ、枯れも朽ちもせず残されたつぶやきが世界中にどれほどあるのだろう。ＤＭの表示は「99＋」になっていて、ヤリ目と煽りとスパムのメッセージで溢れかえっているのを予想してタップすると、いちばん上に表示されたアイコンに見覚えがあった。

井上なぎさと一緒に写っていた、名前も知らない「親友」の顔。優斗のアイコンと対になる、プリントシールの半分。アカウント名は「ネオン」、送信日時はきょう。

『元気でね』

それだけだった。優斗はアカウントを削除すると夜明け前の青黒い空を仰ぎ、歯を食いしばる。あの女が井上なぎさなのか、「親友」なのか、あるいはどちらでもないのか、優斗がその正体を知る時はこないだろう。一瞬すれ違っただけの、違う羽の鳥だから。

確かなのは、五年前、ひとりの少女が死んだということ。ＳＯＳも悲鳴も上げられず、痛ましいやり方しか選べずにこの世からいなくなった。そのやりきれなさがこの先への不安に負けない重みで胸にのしかかってきて苦しかった。

ごみや吐物が散乱し、カラスがてんてんと跳ねる街には二十四時間営業の店の看板がしぶとく点(とも)っている。優斗は、ネオンがひとつ残らず消える日が待ち遠しいと思った。静寂にヒールの音を突き立て、真っ暗な無人の通りのど真ん中を駆け抜けるなぎさを見てみたいと思った。きっと、そのまま飛び立ってしまいそうなスピードだろう。

ロマンス☆

目の前の曲がり角からちいさな人影がぴゅっと飛び出してきて、百合(ゆり)は反射的にさゆみの手をぎゅっと握る。男の子だった。おそらく走ることを覚えたばかりで、身体(からだ)のサイズに釣り合わないエネルギーを持て余している。頼りない足取りで疾走したかったに違いないが、背中のリュックから伸びた紐(ひも)にあえなく阻止された。

「こら！」

母親らしき女が紐を握ってたしなめても、引っ張られてつんのめる動きさえ面白いのか、子どもはきゃっきゃとはしゃいでいる。びっくりした。車通りの多い道路だから、無防備な幼児を見るとどきっとしてしまう。ハーネスしてたんだ、よかった。

「ママ、痛いよ」

さゆみに抗議され「ごめんごめん」と力を緩めるが放しはしない。まだまだ油断できるような年じゃない。

「さゆみ、道を歩く時は左右確認だよ。急に飛び出したり、横断歩道のないところを渡ったりしないでね」

「わかってるってば」

大人ぶってため息をついてみせる四歳の娘は小憎らしくもいとおしい。しっかり手をつなぎ、公園での遊び道具や魔法瓶が入った重たいマザーズバッグを肩にかけ直した。さっきの子のリュック、かわいかったな。ご近所用のリュック欲しいな、両手空いてるほうが絶対便利だし……でも雄大くんに言っても「いらないだろ」で終了だろうな。ただでさえ最近ずっと機嫌悪いもん。

「ママ、自転車くる」

ついついうつむいて歩いていると、さゆみの声で現実に引き戻される。「どこ?」と慌てて顔を上げると、一台の自転車がこちらに近づいてくるところだった。前かごがない、スポーツタイプの細い車体だ。颯爽、という言葉がふさわしいスピードであっという間に駆け抜け、百合の髪をわずかになびかせた。

ものの数秒の出来事だったのに、百合には漕いでいる人間の顔がはっきりわかった。黒の短髪、筆でさっと刷いたようにしなやかな眉のライン、大きな瞳と濃いまつげ、細く尖った鼻、走行を楽しんでいるようにうっすら開かれた唇。美しい造作だった。今までリアルで、テレビや雑誌で、ネットで見たどんな男より整った顔立ちをしていた。夢を見ているのかと思うほど、現実離れした容貌だった。

百合はすぐに振り返ったが、男の後ろ姿はぐんぐん遠ざかり、小さくなる。男が背負った四角いバックパックと、「Meets Deli」の赤いロゴがかろうじて見て取れた。

「きょうさ、久しぶりに見たよ、子どものハーネス」

「何それ」

雄大はスマホから顔も上げずに返事をした。食卓ではスマホを弄(いじ)らない、という家庭内ルールは、ここ一年ほど無効になっている。一度注意したら「疲れてるんだから家の中でくらい好きにさせてくれよ！」とキレられた。寝ていたさゆみが驚いて起き出すほどの声量で、「パパ怖い」と泣く娘を宥(なだ)めるのに苦労した。世界が落ち着けば状況は好転し、夫も心の余裕を取り戻すだろう、と静観するうちに時間はどんどん流れ、ルールを復活させるタイミングは見えない。「トンネルの先の光」などという政府関係者のおためごかしに腹を立てる気力も萎(な)えた。

「ほら、ちっちゃい子の紐。いっとき、テレビでも賛成派と反対派に分かれて言い争ってたじゃん。あれってパンデミックの前だよね、平和だったよねえ」

「ああ、あの犬のリードみたいなやつな」

グラスに注(つ)いだ発泡酒を飲んで雄大が「ないわ」と顔をしかめる。そうそう、その時も同じような反応で、百合は欲しいと言い出せなかった。

「でもわかるよ、子どもって歩き出したらほんと危なっかしいしさ」

「親がしっかり手つないでりゃいい話だろ」

「一瞬の隙をついて振りほどいたりするんだってば。それに、身長差があるから体勢的にも疲れるのね、腰にくる。そういえば、うちの親戚のおばさん、息子さんがちょっと片足が不自由なの。それで、何十年もずっと支えて歩いてたもんだから、身体の右半分だけ体重がかかり続けて骨が圧迫されて、左右の足の長さ違ってるんだって。やばくない？」

「子どもはすぐ大きくなるだろ」

鼻で笑われ、むっとした。人間の身体ってすげえな、とか、そういう感想が欲しかったのであって、子どもと手をつなぐことで骨格に異常をきたすと主張したかったわけじゃない。他愛ない世間話さえ、最近の夫とは困難だった。狭い家の中で角突き合わせても消耗するだけ、と和やかな会話を心がけるほど、妻ひとりが能天気に日常を送っていると勘違いするらしい。百合は反論を諦め、食器を洗い始めた。つけっぱなしのテレビから（食事中はテレビ禁止、というルールもいつの間にか破られていた）軽やかな歌が流れてくる。

――ユートゥー、ミートゥー、ミーツデリ……。

me too と meets をかけた安直なフレーズと、「届けるのは、食事ではなく、幸福な出会いです」のキャッチコピー。ステイホーム下で急激に普及したフードデリバリーサービスのCMが昼間の記憶を呼び起こす。あの男。今考えても、一般人ではありえないレベルの美男子だ。眉目秀麗、という仰々しい四字熟語を冠しても全然オーバーじゃない。CMの撮影中だったとか？　でもカメラらしきものを見た覚えはないし、大企業が公道を使うのならあらかじめ何らかの規制を敷くだろう。それともゲリラ的な？　そういうことってあるのかな？

「てかさー」

　夫のひくい声に、スポンジを持つ手が止まる。

「見つかった？　仕事」

　またその話。百合は「ないよ」と短く答える。

「そもそも幼稚園が休みなんだから、ずっとさゆみを見てなきゃいけないし」

「あさってから始まるんだろ。求人情報なんかスマホでさっと見られるんだからさ。まじめに探してる？　せっかく英語できんだし、いろいろあんじゃないの」

　確かに出産前まで英文事務の仕事をしていたが、英語の読み書きが「普通にできる」人間など掃いて捨てるほどいる。これも雄大に言うと、「マウント取ってくんなよ」とひがみっぽい顔をされてしまうのだが。

「再開したって、いつまた休園になるかわかんないじゃん。先生が感染した、園の子が感染したってきりないし、預かり保育の状況だって読めないよ。第一――」

　百合の言い分は、ビールグラスを乱暴に置く音で遮（さえぎ）られた。

「できない理由だけ並べ立てりゃいいから楽だよな、主婦って」

　雄大は「風呂入るわ」と立ち上がる。

「出るまで洗い物中断な、シャワーの水流弱くなるとイラつくから」

皿を叩きつけたくなるほど腹が立った。衝動をこらえてシンクの上で拳を握る。雄大くんは疲れてるから、大変だから、接客業だから……自分に言い聞かせてもなかなか怒りは鎮まらない。出産を機に退職し、さゆみが小学校に上がったら近所でパートを始めるというライフプランは先行き不透明になっていた。雄大が働く美容院では長い休業が明けても客足が戻りきらず、経営状態はかなり厳しい。

——もっと安い店に流れたんだと思う。髪染めるのなんか、クオリティにこだわらなきゃ家でもできるしさ。

常連客にLINEをブロックされたと、夫は寂しそうに話していた。

スタッフを減らし、席を減らし、そのぶん営業時間を延ばした。消毒の手間と経費は馬鹿にならず、増えた勤務時間は給料に反映されず、初回クーポンでやってくる一見(いちげん)の客はリピーターになってくれない。それでも、人員整理の対象にならなかっただけ、店がつぶれないだけましだと耐えて踏ん張ってくれている。感謝はしている。でも「働いてくれ、すこしでも金を稼いでくれ」とせっつかれるのは納得がいかなかった。さゆみが幼稚園に通う短時間で、土日祝は必ず休めて、突然の休園にも理解があり、スーパーやコンビニのように不特定多数と接触しない仕事——そんな都合のいい求人があるはずないし、万一あったとしても、百合よりずっと優秀な人材が殺到するだろう。何度説明しても雄大にはなぜか「屁理屈（へりくつ）」「言い訳」と変換されてしまうらしかった。

まだ洗っていない皿の油汚れが生き物のようにゆっくりとプラスチックの表面を伝っていくさまを見つめていると、さゆみの声がした。

「ママ」

「さゆちゃんどうしたの？　おしっこ？」

「うん……」

急いで用を足させて洗面所に連れて行くと、風呂場からは夫の鼻歌が聞こえてきた。

——ユートゥー、ミートゥー、ミーツデリ……。

「ミーデリの歌だ！」

さゆみが即座に反応する。覚えやすく口ずさみやすいメロディは幼い世代にも浸透しているようで、幼稚園でも歌っている子をよく見かけた。

「パパ、楽しそう。よかったね」

「そうだね、ほら、おてて洗ってベッドに戻ろ」

さゆみに添い寝し、ぽんぽんと布団を叩いて寝かしつける。娘も父親のピリついた空気を何となく察している。申し訳ない気持ちとともに、夫への怒りがまた込み上げた。人をないがしろにしておいて、自分は湯船に浸（つ）かったくらいで機嫌直して鼻歌？　なら最初から当たってこないでよ。そうやってかりかりしてるから、美容師のくせに額が後退してきてんじゃないの。まだ三十二でやばくない？　内心で悪態をつき、またあのミーデリの配達員を思い浮かべた。髪、ふさふさだったな。つやつやだったし。冬なのにウインドブレーカーとハーフ丈のサイクルパンツという軽装だった。足元は、ソールがぶ厚いスニーカー。短い邂逅(かいこう)を繰り返しリプレイするごとに、男の細部までくっきりと立ち上がってくる。そういえばごつめのグローブしてたな、左耳にだけシンプルなピアスがついてた、前傾姿勢がさまになってた、背はたぶん百八十センチ以上あった。届けに行く途中だったのか、届けものを取りに行く途中だったのか、背負ったものの重さも嵩(かさ)も感じさせない軽やかな走りだった。走るために走っている、そんな感じがして、ミーデリに抱いていた「非正規の小遣い稼ぎ」という侘しい印象は引っくり返った。何よりあの端整な顔。思い出すだけで胸の内側に爽やかな風が吹き抜けていく。淀(よど)んだ気持ちがほんのすこし楽になり、百合は寝息を立て始めたさゆみの頭を穏やかに撫(な)でることができた。

　翌日は昼前から結構な勢いで雨が降り出してきた。スーパーへの買い出しは諦めて冷蔵庫のストックでしのぐと決め、さゆみにも「きょうはお外行けないよ」と言い聞かせたのに、こんな日に限って「やだ、どっか行く」と駄々をこねて収まらない。仕方なく、塗り絵セットを持ってマンション一階のロビーに向かった。来客用に応接スペースがあり、もちろん子どもの遊び場ではないが、大幅に羽目を外さない限りは管理人も黙認してくれている。厳密には「外出」じゃなくても、環境が変わっただけで満足したのか、さゆみはソファで黙々と塗り絵に没頭し始める。ああよかった、とスマホの求人情報をおざなりにチェックしていると、エントランスの自動ドアが開いて隣人母子(おやこ)が入ってきた。

「あ、さゆみちゃんママだ、こんにちは」

「耕平(こうへい)くんママ、今帰り？」

「そー。この子が傘忘れてったから、迎えに行ってきて。あれだけ朝からやいやい言ってたのに！」

「あはは、そういう日もあるよね」

「たまにならいいけど、頻度高すぎ」

頭をぐりぐりかき回され、耕平がうっとうしそうに払いのける動作を、百合はほほ笑んで眺める。小学四年、そろそろママべったりじゃないよねえ。耕平くんママの名字は大石(おおいし)、下の名前は知らない。向こうもそうだろう。子どもは異性で年も離れているし、ママ友というほどの間柄ではないので、いつもならこの会話で「じゃあ」とあっさり別れる。けれどその日の百合は「ミーデリ使ったことある？」という質問でつい耕平くんママを引き留めた。きのうの男について、誰かと情報共有したかった。あれほどの美形ならこのあたりで噂になっている可能性もあり、百合よりずっと社交的な耕平くんママなら何か知っているかもしれない。

「あ、うん、月に一回か二回は。週末とか、旦那がだらだらしてんのに何でこっちだけいつもどおり家事しなきゃいけないのって腹立つし」

どこの夫も大差ないな、と妙にほっとしながら「すごいイケメンの配達員がいて」と言うと、耕平くんママは「まじ？」と目を輝かせた。

「うん。きのう、初めて見かけたの。一丁目の通りで、あっという間に自転車漕いでいなくなっちゃったけど」

「えー、うちに来んの、小汚い若造ばっかだよ。それで？　それで？」

予想以上の食いつきにやや気圧されて「ごめん、それだけ」となぜか謝ってしまう。

「ぎょっとするレベルのハンサムだったから、知ってる人がいればあの衝撃を分かち合えるかなって」

「えーめっちゃハードル上げるじゃん。ひょっとして惚れた？」

子どもの前で何てことを言うのか。さゆみを窺うと幸い塗り絵に夢中で、会話は耳に入ってもいないようだった。意味が理解できなくても、大人の言葉をそのまま覚えて口に出したりするから、雄大の前で不用意に漏らさないとも限らない。

「そんなわけないよ」

焦って否定しても、「別にいいでしょ」と笑い飛ばされた。

「アイドル見て癒されるのと一緒だし、さゆみちゃんママはミーデリしてないの？」

「うちは、夫があんまりいい顔しなくて……」

「あ、さゆみちゃんママ、料理上手そうだもんね、きっと舌が肥えてるんだ」

上手そうって、何を根拠に？　この手の空虚なおべっかにどう切り返せばいいのかわからないから、自分にはママ友ができないのかもしれない。

「ううん、手数料とか馬鹿にならないんでしょう？　家計的にちょっと」

「えー、そんなの賢く使えばいいんだよ。ちょっと待ってね」

早く帰りたそうに足踏みしている息子をよそに耕平くんママはスマホを取り出し、「ほら」とアプリの画面を見せてきた。「大感謝祭」という文字がちいさな液晶いっぱいに表示されている。

「今なら初回千五百円オフクーポンがあるよ、おまけに配達料無料キャンペーンも併用可！　お店ごとの割引クーポンも毎日何かしらあるし、駆使すればむしろお得……ってわたし、回し者みたいだね」

「そうなんだ、知らなかった」

もっと詳しく聞きたかったのに、耕平くんがとうとう焦れて「まだー？」と訴え始めた。

「はいはい。ま、そういう感じだから、さゆみちゃんママもたまには楽しなよ。もし使ってみて、例のイケメンが現れたらすぐ教えてね！」

耕平くん母子がエレベーターに乗って行ってしまうと、また静かになったロビーにさあさあと冬のつめたい雨音が響く。百合はアプリストアを開き、検索バーに「ミーデリ」と入力した。

「え、何これ」

皿に盛りつけたケンタッキーフライドチキンを前に、雄大は眉をひそめた。百合は努めて明るく、何度もリハーサルした台詞(せりふ)を口にする。

「ケンタ最近食ってないなーって前言ってたでしょ？　ミーデリで頼んだの」

「ええ？」

途端に尖る夫の声に「安かったよ」とかぶせ、その後の小言を封じる。

「お隣の大石さんが教えてくれて、割引クーポンと配達料無料で、8ピースパックが八百九十円。たまにはよくない？　ほら、さゆみもおいしいおいしいって喜んで、パパに手紙書いたんだから」

抽象画さながらの似顔絵と「パパ　いつもおしごとありがとう　だいすき」というメッセージは、実際には百合が書かせた。ベタなやり方だが効果は抜群で、雄大は文句を引っ込めてチキンにかじりついた。

「うま」

「時々無性に食べたくなるよね」

「だからって手抜きが癖になったら困るからな」

「わかってる。きょうは雨で買いものに行けなかったし、生理前でだるかったから」

何でだろう、と百合にはふしぎでならない。この人は、わたしが楽をしたら自分が損をするとでも思ってるんだろうか。支え合うのが家族だと思ってたけど、夫にとってわたしはもうお荷物なのかもしれない。

深夜、キングサイズのベッドで娘の寝息と夫のいびきに挟まれ、百合はミーデリのアプリを開いた。きょうやってきたのは、彼じゃなかった。注文が確定して十分ほど経つと「注文を受け取りに向かっています」の通知とともに写真入りアイコンが現れたが、「Ｔａｋｕｙａ」という名前の配達員はあの男とは似ても似つかず、落胆した。それでも、アイコンが出るまでの期待と高揚感が忘れられない。アイドルなんかじゃない、と胸のうちでつぶやいた。この、出るかな出ないかなってわくわくする感じ、ガチャだ。

大学生の頃、ソシャゲのアプリにハマり込んで親のクレジットカードから五万円ばかり課金してしまったことがある。キャラクターを集めて単調なバトルをさせるありふれたゲームの、ありふれたガチャにまんまと理性を奪われた。星5のレアキャラや装備を手っ取り早くゲットするには有償のガチャが不可欠で、レインボーの星を五つ冠したキャラが特別な効果音とともに出現すると、大学の構内だろうが電車の中だろうが「やった」と声に出してしまうほど嬉しかった。目当てのキャラを引けばこのツキが続くだろうと浮かれたし、星1のゴミみたいなキャラを立て続けに引いても次こそはと意気込んだ。完全に中毒だった。もちろんすぐにばれてこっぴどく叱られ、その場でアプリとアカウントを削除させられた。使い込んだ金はバイト代で返済した。最初こそ発作じみた喪失感と虚無感に襲われたが、すぐに「何であんなものに熱中してたんだろ?」と目が覚めた。手元に何も残らない、運営側の設定次第の架空世界で一喜一憂し、ログインボーナスや次から次に投入される期間限定イベント、あるいはコラボに血道を上げていた自分の愚かさを痛感し、以来、ゲームと名のつくものにはいっさい手を出さず、就職後は周囲から感心されるほどつつましく貯蓄に励んだ。

そうだ、ずっと忘れてた。こんな気持ちだった。でもわたしはあの頃とは違う。彼はCGじゃないし、かたちある食べものを買って家族が喜んだんだから、何も悪いことはしていない。液晶のブルーライトを浴びながら、百合の指はひとりでにクーポンの一覧をスワイプしている。

さゆみが幼稚園に行っている間に、ミーデリを頼むのが百合の日課になった。極力安く、出るごみが少ないものを基準に各種の割引をチェックする。時にはアイスコーヒー一杯のために人を使っている、という罪悪感はすぐに薄れた。それで成り立っているビジネスなのだし、運ぶほうだって軽いに越したことはないだろう。配達圏内のいろいろなエリアで、日に二度三度と注文する時もあったが、依然あの美形には再会できていない。アイコンが表示されるまでの「結果待ち」の間には胸が躍り、全身の細胞が活性化するように感じられた。大げさでなく、「生きている」という痺れにも似た実感があった。そして外れても、未来への希望は残されている。次の注文では、あしたの注文では、会えるかもしれない。今こうしている間にも町内を駆け巡っていて、わたしのオーダーが彼のスマホに通知されるかもしれない。希望は百合に心の余裕を与え、雄大のいやみもさゆみのわがままも大らかに流せるようになった。

それでいて、本当にあの男が配達に来たらどうする、という具体的なプランはなかった。ただ会いたい。近くで顔を見たい。前にもお見かけしました、とか軽い世間話くらいはするかもしれないが、不倫願望などなかったし、あんな見目のいい男にあわよくばを期待するなんて恐れ多い。

望みはシンプルで、ガチャに勝利したい、それだけだった。星5を引いて満足して終わりたいのだ。もう一度会えさえすれば、ミーデリのアプリを削除してすっきりできる。逆に言えば、あの男を引き当てるまで、百合のガチャは終われない。

だから、「臨時休園のお知らせ」という幼稚園からのLINEを見た瞬間、血の気が引いた。同じタイミングで複数の職員が濃厚接触者になってしまったため運営できない、という内容が回りくどい丁寧さで綴られていた。期間はあすから二週間。そんなに長い間ミーデリができないの？　百合の頭に真っ先に浮かんだのはそのことだった。お昼寝の間にこっそり呼べる？　マンションの前で受け取る設定にすればインターホンは鳴らされないし……駄目だ、さゆみはちょっとした物音でも目を覚ます時がある。特に「母親がどこかへ行こうとしている」気配に驚くほど鋭敏だった。さゆみに気づかれれば、夫の前で「ミーデリ来てたよ」と口を滑らせる可能性は高い。

リスクを最小限に抑えてミーデリを続ける方法を思案した結果、小児用の睡眠導入剤を購入することにした。日本では処方薬だが海外ではドラッグストアで簡単に入手できる薬を、個人輸入サイトから取り寄せた。あっちで大量に買い込んだ医薬品やサプリを国内で高く転売しているところで、百合は独身時代、アメリカ製のダイエットサプリを買ったことがある（特に効果はなかった）。日本に住む外国人相手に商売しているのだろう、サイトの表記はすべて英語で、ささやかなスキルが久しぶりに役に立った。

翌々日の午前中には速達で薬が届き、さっそく試すことにした。説明書には一錠とあったが、念のため半分に砕いてオレンジジュースに溶かす。ぐるぐるとマドラーでかき混ぜながら、ふと、わたしは何をやってるんだろうと思った。どうでもいいドリンクや軽食を配達してもらうため、いや、一瞬すれ違った男と再会するため、我が子に一服盛るなんてどうかしてる。橙色（だいだいいろ）の渦を見下ろしながら自分が恐ろしくなった。けれどその恐怖は、テレビから流れるメロディにかき消される。

——ユートゥー、ミートゥー、ミーツデリ……。

百合はマドラーを口に含み「おいしい」とつぶやいた。ジュース、長いこと飲んでないな。きょうは前にチェックしてたフレッシュフルーツのお店で注文しよう。さゆみは赤ん坊の頃から眠りが浅くて気になってたんだから、薬に助けてもらうのは悪いことじゃない。幼稚園のお友達より小柄なのだって、ぐっすり眠れてないせいかもしれないし。

「さゆちゃん、オレンジジュース飲む？」

「飲む！」

駆け寄ってくる娘を、百合はやさしく抱きしめる。

薬の効果はてきめんだった。玄関先で靴を履く時の音にすら反応する娘がみじろぎもしない。ミーデリで頼んだミックスジュースを堪能し、二時間ほどして揺り起こすと、すんなり目を開けてぐずることもなかった。これなら大丈夫、と安堵する。きょうもハズレだったけど、あした、またチャレンジすればいい。

さゆみの昼食に薬を混ぜ、眠っている間にミーデリを利用するという新たなルーティンに入った。一週間経ち、幼稚園ではまた別の職員が待機になったとかで休園が延びたが、先生も大変、と心から同情できた。

おやつにプリンをひとつ注文した日のことだった。配達員が玄関先に紙袋を置いて立ち去るのをドアスコープから見届け、さっと扉を開けて素早く回収する。キッチンでプリンを取り出すと、袋の底に紙片がへばりついていた。

『よかったら連絡ください　Ｔａｋｕｙａ』

走り書きのメモにＬＩＮＥのＩＤも添えられていて、思わず「何こいつ」と顔をしかめた。ぞっとする。何度か来た配達員だ。アイコンと名前はうっすら覚えているが、インターホン越しに応答するだけで一度も対面していないのに、どういうつもりだろう。女がいる家とわかれば片っ端からＬＩＮＥのＩＤをばら撒いているのだろうか。数撃ちゃ当たる、の絨毯爆撃。成功体験でもあるのかもしれない。何にせよ不愉快だった。純粋な気持ちでガチャを楽しんでいるのに、不具合で水を差された気分だ。こういうのって、レビューに書いたほうがいいんだっけ？　でもあくまで個人契約だから、運営会社はあまり熱心に対応してくれないって聞いたことがある。逆恨みされるのも怖い。迷った挙句、百合は評価に星１をつけ「配達員の態度が悪かった」という項目にチェックを入れて送信した。注文頻度が高いし、時間帯もある程度固定されてしまうのでＴａｋｕｙａはそれ以降もやってきたが、追撃のアプローチはなく、百合も今までどおりの対応を続けた。

そうして長い休園期間が明ける前夜、夫が険しい顔で帰ってきた。店でいやなことでもあったのだろうか。あしたからまた気兼ねなくミーデリに集中できるとわくわくしていた百合にはうざったかったが、「おかえりなさい」と適度に明るく適度に穏やかな声で迎え入れる。

「シチューあっためるね」

「百合」

「ん？」

雄大は仕事用のショルダーバッグからふたつ折りにした紙を摑み出し、テーブルに叩きつけた。

「何だよこれは」

細かい文字がびっしりと印字されている。手に取ってそれがクレジットカードの利用明細だとわかると、百合の指先は小刻みにふるえ出した。「ミーツデリ」の文字がほとんどを占めている。

「何で？」

声が上ずる。雄大はせこい反面家計に無頓着で、カード会社からの封書に見向きもしなかった。だから心置きなく課金できたのに。

大石さんが教えてくれたんだよ、と吐き捨てられた。

「今朝、エレベーターの前で一緒になった時、お前がミーデリにハマってしょっちゅう頼んでるって。信じられなかったけど、WEB明細チェックしたら……ありえないだろ。しかも理由がイケメンの配達員に会いたい？　恥ずかしくないのかよ」

信じられないのはこっちだ、と思う。親密度に関係なく、女同士の話を互いの夫に漏らさないのは最低限の仁義だと思っていたのに、裏切られた。

「耕平くんママ、そんな告げ口する人だったんだ」

「は？　何それ逆ギレ？　大石さんは心配してくれてんだろ」

「だったらわたしに直接言えばいいでしょ。そもそも、うちにミーデリが来てるかなんて、聞き耳立ててないとわかんないじゃん。気持ち悪い」

「外廊下に面した部屋で仕事するから出入りはどうしてもわかるって言ってたよ」

「は？　そんな言い訳真に受けてんの？」

耕平くんママだって彼が来るのを待ち構えてたに決まってる。うちのようすを窺って、わたしが引いたガチャのおこぼれに与ろうとして。何て下品な女だろう。

「いや問題はそこじゃねーから。おかしいだろうが」

ショルダーバッグをいまいましげに放り投げ、雄大が声を荒らげる。

「大石さんは家で子ども見ながらちゃんと働いてんのに、お前はこんな出前なんかに無駄遣いしやがって」

「わたしだって働きたかったよ‼」

百合も叫んだ。

「さゆみを保育園に預けて仕事は続けたいって何度も言ったよね？　それを『子どもがち

いさいうちは家にいてほしい』って聞いてくれなかったのは雄大くんじゃん！　お義父さんもお義母さんも忙しくて寂しかったからって！　なのにいざ生まれたら子育てはわたしに丸投げで、ただ『手をつないで安全に道を歩く』のがどんなに大変で神経をすり減らすことかもわかってないくせに。無駄遣い？　雄大くんこそ結婚前、ほとんど貯金なかったくせに。マンションの頭金の七百万、全部わたしの婚前貯金だよ。個人資産だよ。ミーデリに使ったお金なんかトータルで二、三万ですけど？　その程度で怒るんなら、七百万の半額でも返して」

「それとこれとは関係ねーだろ！」

「あるよ、お金の話でしょ、関係ないって言うんだったらわたしを納得させてよ」

「いい加減にしろ!!」

　がん、とテーブルを殴りつける音が響くのと同時に、さゆみがリビングに飛び込んできた。

「やだ、けんかしないで」

　瞳より大粒に見える涙をぼろぼろこぼしながら訴え、雄大の脚にしがみつく。

「さゆちゃん、ごめんね、大丈夫だからこっちおいで」

　百合はさゆみを抱き上げ、背中をさすりながら寝室に連れて行った。しゃくり上げる温かな身体を抱きしめているうち睡魔に襲われ、目を閉じてしまう。どのくらい時間が経ったのか、雄大が「何でこの状況で寝れんだよ」とひとりごちるのが耳に引っかかりはしたものの、すぐにこぼれ落ちて百合には何も聞こえなくなった。

翌朝、雄大はわざとらしい猫撫で声で「ばーばのとこへ行こうか」とさゆみを誘った。車で一時間ほどの義実家には長いこと帰省していなかったので、娘は「ほんと？　やったあ」と無邪気に喜ぶ。

「ママは？」

「ママは後で」

そっけなく答え、「マクドナルドのドライブスルーで朝ごはん食べよう」と食べもので釣って連れ出した。百合とはひと言も口をきかず、目すら合わせなかった。何の感情も湧かなかった。車中でさゆみがぐずったらどうするつもりなのかな、と高みの見物めいた意地悪い気持ちは芽生え、もう駄目なのかもしれないと思う。ずっと前からくすぶっていた不満までぶちまけてしまって、修復できる余地は見当たらない。それでも後悔はなく、むしろ、何で今まで言わなかったんだろ、とすっきりしていた。仕事のことも、頭金のことも、夫婦の間に決定的な亀裂を入れてしまいそうで自制してきた。どうしてわたしばっかり我慢しなくちゃいけないの。

空っぽの家でミーデリのアプリを開き、朝食にサンドイッチを頼んだ。ハズレだった。

普段どおりの家事をこなし、昼食にオムライスを頼んだ。ハズレだった。夫がいなくても、娘がいなくても、配達員が判明するまでの興奮は変わらなくて嬉しかった。洗わなきゃ、と思いつつ先延ばしにしていたシーツを洗濯機に入れ、新しいシーツをセットすると清々(すがすが)しい達成感を覚え、本日三度目のミーデリを起(た)ち上げる。有名パティスリーの、いちごのタルトにしよう。注文確定をタップすると程なくして配達者のアイコンに切り替わったが、またしてもハズレ。でもきょうはＴａｋｕｙａが出ていないだけまし。夕方になってもさゆみが帰って来なかったら、晩ごはんも注文しよう。いつもと違う時間帯だから期待できるかも。百合はひとり「ユートゥー、ミートゥー……」と繰り返し高らかに歌い上げる。隣に聞こえたって構わない。好きに言いふらせばいいじゃない。あんたも、外廊下をローラーシューズで走り回るあんたのガキも大嫌い。

やがてインターホンが鳴ると、「玄関先にお願いします」と答えてオートロックを解錠する。配達員が立ち去るのを丸い覗(のぞ)き穴から見届け、心の中で三十秒数えて手早く回収する。いつもの、慣れた作業のはずだった。慎重に開けたドアに四本の太い指がぬっとへばりつくのを目撃するまでは。

それはまるで、突然現れたバグだった。

抵抗する間もなく隙間を広げられたかと思うと、そこからずいっと男が押し入ってくる。悲鳴も出せず、後ろ手に鍵とチェーンをかけられるのを呆然(ぼうぜん)と見ていた。玄関先でへたり込む百合を見下ろし、男は言う。

「ねえ、何でＬＩＮＥくんないの」

その時初めて「あっ」とか細い声が漏れた。この顔を知っている。Ｔａｋｕｙａだ。アイコンのわざとらしい笑顔とは違い、キャップの下の顔は石のような無表情だったが。

「俺、好きなんだよ、ひと目見た瞬間から好きだったんだ。隣のババアにエサ持ってった時、エレベーターであんたと一緒になった。何階ですかってわざわざ訊いてくれたよね」

そんなの覚えてないし、だったらどうなの？　それだけで一方的な好意を持たれるなんてありえない。百合の口からは、かたかたと歯が鳴る音しか出てこない。おそらく、さっきの配達員についてオートロックを抜け、スコープの死角にひそんでいたのだろう——百合に会うために。会うためだけに。

「あんたもしょっちゅう頼んでくれるようになったじゃん。それって俺に会いたかったからだよね？　あんたからの注文が入ったらきょうはアタリだって嬉しかった。なのに顔も見せてくれないでさあ、照れてんのかなとかすっぴんなのかなとか俺もいろいろ酌んであげてたけど限界きて、わざわざメモ入れたのに完無視とかなくない？　ないよねえ？　ねえ、どういうつもり？　焦らしすぎだよ」

違う。あんたなんか知らない。わたしが会いたかったのはあんたじゃない。わたしは楽しくガチャをしていただけなのに、ガチャをする側なのに、こんなグロテスクな不具合は受け入れられない。百合は力なくかぶりを振る。Ｔａｋｕｙａはなぜか「やれやれ」と言いたげなため息とともに、百合に覆いかぶさってきた。

――はい、それで、無我夢中で床を探ったらスリッパに触れたので、まずそれで殴りました。殴ったっていうか、頬を張ったって感じですね。すぱぁん、ってコントみたいにいい音がしました。それで、向こうが怯んだ隙に立ち上がって、シューズボックスの上にあったガラスの花瓶で何度も頭を殴って……義母が、引っ越し祝いにくれたんです。ごつくて重くてださくて、こんなものよこすくらいなら一万円でも援助してよって思ってましたけど、役に立つんですね。

――正当防衛……なんでしょうか。消えて、とは思いました。不具合はアプデで修正してもらわなきゃ。あと、あの人から見れば、わたしもこんなふうにキモいのかもって想像すると、何かもうめちゃくちゃイラついて。お前のせいで余計なこと考えちゃったじゃんみたいな。それを殺意だって言われたら、まあ、そうですかって感じです。

――いえ、取り乱してはいませんでした。頭から血を流して動かないＴａｋｕｙａさんを見て、気づいたんです。ゲームと違って、星５の出現確率を自分で上げることができるんだって。配達員が多すぎてあの人に会えないいんなら、ハズレを削除していけばいいだけでしょう？　結局、娘のぐずりに手を焼いた夫が早く帰ってきた時、わたしが死体の側でスマホを弄ってたのはそういう理由です。一一〇番のやり方がわからなくなってたわけじゃありません。夫や娘と鉢合わせた時の気持ちですか？　ああ三人分頼まなきゃいけないのかって、ちょっともったいなく感じました。

――これって、精神鑑定ってやつですよね？　わたし、病んでるって思われてるんですか？　自分ではぴんとこないんですけど……うーん、ひょっとしてずっと前からどうかしてたのかな？　あの人はびっくりするようなイケメンじゃなかったかもしれないし、そもそも存在しないのかもしれない。娘が「ママ、自転車くる」って言ったのも含めて、全部わたしの現実逃避っていうか、妄想だったのかもしれません。わかりませんけど。

――先生、ここでは何でも言っていいんですよね。じゃあひとつお願いします。デリバリー頼んでもらえませんか？　拘置所の食事がどうしても口に合わなくて。スマホは没収されちゃったし……え、駄目なんですか？　どうして？

――……ユートゥー、ミートゥー、ミーツデリ……。

燐光

深すぎる昼寝から急に覚めた時みたいだった。外の暗さが夕方なのか早朝なのかわからず、季節や曜日の感覚も見失い、今この瞬間、ぽとっと世界に生まれ落ちたように心細くなる。

あたしは、気づいたら松の木の下にいた。足元にはちぎったルーズリーフと、根元がくっついた松葉。よく見かける二本の松葉じゃなくて、細く尖った緑の葉が三本でワンセットになっている。ルーズリーフにはいかにも女の子っぽい文字でこう書いてあった。

『立ち別れ　いなばの山の峰に生(お)ふる　まつとし聞かば　今帰り来(こ)む』

ようやく、ここが高校の教職員用駐車場だと気づく。片隅にぽつんと立っている松の木の中にはごくまれに三本松葉があり、それを見つけたらこの和歌とセットで木の根っこに置いて願を掛けると失(な)くしたものが見つかる――というおまじないが伝わっていた。誰が言い出したのか知らないけれど、教科書、ノート、文房具に家の鍵、財布、逃げ出したペット、別の相手に乗り換えた彼氏彼女まで戻ってくるとかで、早朝や放課後、先生の目を盗んで三本松葉を探す子（ほとんどが女子）はちょくちょくいた。あたしの足元にある松葉はセロハンテープでルーズリーフに留められ、風で飛ばないよう石まで載せてあった。

よっぽど取り戻したいものがあるらしい。あたしはそんなくだらない迷信には興味がない――なら、何でこんなとこに突っ立ってんだっけ？　あたりは薄暗く、駐車場の照明にうっすら照らされる松の幹の木肌は何だか蛇のうろこみたいにぬめっと見えて気味が悪くなる。

ここにいたって仕方がないので駐車場を突っ切って正門に向かうと、部活帰りの生徒たちがいて妙にほっとした。放課後の、ひと気のない学校って怖い。顧問がどうの、先週の大雨がどうのとにぎやかにしゃべる子たちに紛れて門を出ると、背後でチャイムが鳴った。六時の、下校を促すチャイムだ。これを過ぎると正門が閉められ、すこし遠い裏門から帰るしかなくなるので、あちこちから「セーフ」という声が上がった。チャリ通組が、次々に徒歩のグループを追い抜いていく。うちの学校は低い山の中腹にあり、最寄り駅までだらだらとした坂道が続く。途中にはぽつぽつ畑や民家がある程度で寄り道もできない。でも、下り坂に背中を押されるようにして、とっとっ、とリズムよく歩く帰り道が好きだった――好きだった？

あれ、とあたしは立ち止まる。何か変じゃない？　違和感があるのに、ずっとぼんやりしていて何がどう変なのかうまく考えられない。脳が綿毛みたいにふわふわした感じ。あたしの側を通り過ぎていく集団を眺めて、ようやく気づいた。全員マスクしてる。え、どうしよう、あたしマスクしてない。思わず口元を手で押さえてきょろきょろしたけれど、誰も気にしていないようだ。何なの、このマスク率。インフル超流行（はや）ってるとか？　でも、冬でもないのに。みんな半袖だし、あたしも。そこでようやく自分の服装に意識がいった。素足にウェッジソールのサンダル、膝上のフレアスカート、ノースリの上にコクーンカーデ。やば、完全私服じゃん。まじでいろいろどうしちゃったの？

混乱さえどこか現実味がなく、ひょっとして夢の中なのかな、と思った時、背中にちりりんと軽やかなベルの音が近づいてくる。はっと振り返ると、リュックを積んだ自転車の前かごが目と鼻の先だった。うそ、間に合わない、何で突っ込んでくるの？

あたしはぎゅっと目をつむる。次の瞬間、痛みでも衝撃でもなく、かたちのないものが身体（からだ）の中をさあっと通り抜けていく感覚だけがあった。

――お先ー。

――あー、乗せてってー。

――むりー。バイバーイ！

そんな会話が、前方から聞こえてくる。恐る恐る目を開けると、自転車がみるみる遠ざかっていくところだった。あたしは、風が吹き抜けた、というか、風に吹き抜けられたお腹（なか）を呆然と撫でる。血は出ていない。穴が開いたわけでもない。立ち尽くしたままでいると、後ろから数人の話し声が近づいてくる。

――ねえ、ミナっていつ学校来んの？

——家の片づけとかあるからしばらく休むらしいよ。

——あー、床上浸水だったっけ。大変。

——昔も豪雨あったじゃん、覚えてる？

——え、全然。二歳とか三歳でしょ。

——わたし、うっすら覚えてる。お母さんがばたばた荷物まとめて、お父さんに背負われて、小学校の体育館まで行った。

——まじ？　大丈夫だった？

——うん、結果的に何ともなかったんだけど。毎年この時季になると思い出すのね。でさ、今年で十五年だから、始業式の時に追悼集会やったじゃん。

——うん。

——ほら、うちの学校の生徒が行方不明のままだって……遺体も出てこないなんてかわいそすぎん？　だから、あの松の木に願掛けといたんだ。

——え、うそ、待って。

——……そしたらほんとに……骨、見つかって、びびった。

あたしは、唐突に理解する。

そうだ、あたし、死んでた。

あたしは死んでる。間違いない。夢でも、昏睡状態で幽体離脱してるわけでもない。根拠はないけれど、そう確信していた。どうりで暑くもなく寒くもなくて、歩いているのに地面を踏み締める感触もなくて、そもそも自分の体重さえ感じない。生きている時に「生きている感じ」をいちいち意識しないのと同じで、「死んでいる感じ」は今のあたしにとってごく自然なものだった。一応、頭は働いているものの、いつどこでどうやって自分が死んでしまったのか、まったく覚えていない。さっきの会話によると、十五年前の豪雨で死んで身体は見つからないままだったけれど、松の木に願を掛けてもらったおかげで骨が発見された——らしい。

と言っても、願掛けとの因果関係なんてわかんないよね。あたしはそう考え、「因果関係」という言葉にふと引っ掛かった。「あたしの言葉」じゃない気がした。何でだろ？　自分の頭の中を探ろうとすると、意識に紗がかかる。やばい、今考えてることまで忘れちゃいそう。ふるふるっと頭を振ると、ミルクティベージュの髪がぱさぱさ揺れる。あ、そろそろ染めなきゃだった。こんなどうでもいいことは覚えているのに。

とにかく今のあたしは「幽霊」というやつで、どうしてそうなったのか、これからどうすべきなのかもわからないまま、天国でも地獄でもなく、十五年ぶりの地元にやってきた。別に疲れてはないけど（疲れた、という感覚ももう覚えていない）、しゃがみ込んでみる。

空の低いところに満月が出ていた。夜空ににじむような光を見て「どーしよ」とつぶやいてみた。秋の虫がりーりー鳴いている。虫、生きてるんだ。こんなにしみじみと虫の音に耳を澄ましたのは生まれて初めてかも……いや死んだんだって。

ひとつ、ほっとしていることは、どろどろした怒りや憎しみが自分の中に見当たらないこと。そういう強烈な負の感情があって成仏できていないんだったら、忘れられないと思う。だからきっとあたしは、誰かを恨んで死んだわけじゃない。『リング』の貞子(さだこ)みたいにならずに済む。

気づけば下校の生徒もいなくなり、周囲は真っ暗だった。あたしは急に怖くなって立ち上がる。お化けだってお化けは怖い。人間に取り憑(つ)いたり呪ったりするパワー系に遭遇したらいやだもん。取り憑くってどうやるんだろ？　逆に、成仏は？　あたしには何もわからない。ただ、どこへ行こうと考えた時、自然と家が浮かんだ。そうだ、ママのこと覚えてる。とりあえず帰ろう。行く当てができると急に心強くなり、あたしは寂しい夜道を速足で歩き出した。飛んでいけたら楽なのに、そんな能力はなさそうだった。物にも触れないし、駅に着くまで数人とすれ違ったけれど、あたしが見える人はいないようだった。

自動改札機にすら気づかれず無人の改札を抜け、電車を待つ間、ベンチに座るサラリーマン風の男の人が薄くて小さな機械に見入っていたので隣から堂々と覗き込んだ。あ、これ、ひょっとして十五年後の携帯？　二つ折りじゃないし、数字のボタンもついていない。

つるっとして角が丸い板状の携帯はかっこよく、あたしは「いいなー」と大きな声を出してみたけれど、男の人は全く反応しない。よく見ると耳に大きな耳栓みたいなものをしていて、すぐにイヤホンだとわかった。もうコードないんだ。超便利じゃん。やっぱ、生きてたかったかも。そういえば、あたしの携帯どこやったんだろ。スカートのポケットを探っても何もなかった。二つ折りの、ドコモの、と思い出そうとするとまた紗が濃くなった。

未来（あたしからすると）の携帯画面の、すごくなめらかな画質にうっとりと見惚れてしまう。無音の映像はたぶんニュース番組で、画面の下に「本日の新規感染者数」という文字が大きく出ていた。その後もテロップを一字一句逃さずチェックした結果、どうやら、新しい感染症が世界じゅうに広がって現在進行形で大変らしいと状況が飲み込めた。それでみんなマスクしてるんだ。そんなことって、本当にあるんだ。あたしが幽霊になってここにいるのと、どっちが漫画っぽいかな。

三十分くらい、ずーっと携帯を覗いていたから退屈しなかった。男の人はゲームをしたり、フキダシがいっぱい並ぶ画面で誰かとやり取りしたりしていた。たぶん、メール的なツールだろう。ボタンを押すんじゃなく、画面に直接触れて操作できるみたいだったので横から指を伸ばしてみても、つるつる輝く画面は何の反応も示さなかった。そして電車が来ると男の人は携帯をさっとリュックにしまって乗り込み、腕組みして目を閉じた。つまんないの。あたしは誰からも見えないのを幸い、ロングシートに横たわってみたりする。

物には触（さわ）れないのに、こうして寝転がることはできる。でも、座席の感触はない。死んでるって、ふしぎ。髪を摘（つま）んで目の前に持ってくると、ぱさついた枝毛が何本も見つかった。こんなところは生きてた時のまま。身体を起こして窓の外を眺める。国道と、道沿いに並ぶブックオフや焼肉店やパチンコ店。東京都心までは電車を乗り継いでだいたい一時間半。日本のどこにでもある「半端な田舎」の風景は、十五年前と何も変わっていない気がした。流れ去る光と山のシルエット。下りの電車とすれ違う。窓にあたしの姿は映らない。

　家までは各停で三駅。すっかり熟睡しているように見える男の人はどこで降りるんだろう。乗り過ごさなきゃいいけど、ひと声かけてあげることもできない。あたしはひとりで最寄り駅のホームに降り立ち、あたりをきょろきょろ見回した。何しろ記憶がピンぼけしまくっていて、細かい部分はあやふやなままだった。改札をスルーして外に出ると、黒いパンツスーツを着た女の人が立っている。ちらっと顔を覗き込んだ瞬間、あたしの頼りない脳が、電気を流されたみたいにしびびっとふるえるのを感じた。何重にもかかった紗が、一枚、はらりとめくれる。

「つばさ」

　呼びかけた。もちろん返事はない。それでもあたしは止められなかった。マスクをしていても間違えるはずがない。

「つばさ、つばさだよね、あたしだよ、あたし、唯だよ。久しぶり、元気だった？　ていうか、めっちゃ大人っぽくなってるじゃん！　当たり前か」

ひとりで盛り上がって話しかけ、鼻先で手を振ってみる。つばさは誰かを探すようにロータリーをじっと見つめ、あたしには目もくれなかった。登島つばさ、あたしの親友。小中高と一緒で、馬鹿なあたしと違ってすごく頭がよかった。そうだ、「因果関係」も「紗がかかる」も、つばさ経由で覚えた言葉だったんだ。

昔はミディアムボブだった髪がショートになり、きちんとフルメイクして、「清潔感のあるきれいなお姉さん」という雰囲気のつばさをじろじろと観察し、親戚のおばさんみたいな感慨に耽る。立派な大人になったねえ。すると、ひとりでうんうん頷くあたしの前でつばさが軽く目を見開いた。あ、ひょっとして、気づいてくれた？　もう動かないはずの心臓がどくんと高鳴った気がした。でもそれは勘違いで、つばさはあたしをすり抜けた先に向かって軽く手を上げていた。なーんだ。落胆しつつ振り返ると、車のヘッドライトが近づいてくるところだった。彼氏？　それとも家族？　車はつばさの目の前で停まり、運転席のドアが開いた。あたしのエア心臓はまた大きく膨らむ。この人、知ってる。

「久しぶり登島、遅れてごめん」

「いえ、こちらこそ、ご無沙汰しております」

つばさはぺこっと頭を下げた。

「杉田先生、変わんないですね」

やっぱり。杉田先生だ。高二の時の担任で、教科は世界史。明るくて、授業もわかりやすかったし、さりげなくテスト問題のヒントもくれるので男女問わず人気があった。当時はギリ二十代だったから、今は……四十四？　信じらんない。

「お世辞は嬉しいけど、そんなわけないだろ」

先生が苦笑する。確かに、昔より太って全体的にボリュームが増しているけれど、太鼓腹とまではいかないし、髪は今もふさふさのままで、自虐する必要なんてないのにと思った。笑った時にできる目尻の皺なんか、昔より今のほうがいい感じだし。

「いえ、ほんとに」

「ありがとう。乗って」

「はい」

促され、後部座席に滑り込むつばさに、あたしもつい続いた。家は逃げないけど、このふたりはここで見失うともう会えないかもしれないから。先生は運転席に戻ってシートベルトを締めながら「登島は変わったな」と言う。

「マスク越しでもわかるくらいきれいになって……見違えたよ。女の子はすごいな」

「やめてくださいよ。化粧で盛ってるだけなんで、全然……」

なんて言いつつ、つばさは満更でもなさそうだった。乱れてもいない髪の毛を手で撫でつけてから「びっくりしました」とつぶやく。「放置状態だったFacebookに、突然杉田先生から連絡来て」

フェイスブックって、何だろ?

「ああ、申し訳ない、びっくりしただろ」

「はい、でも嬉しかったです……先生が、唯のこと覚えててくれて」

えっ、とあたしは声を上げる。先生は「当たり前だよ」と車を発進させた。

「白骨化した遺体が見つかったってニュースを見た時は、本当に心臓が止まりそうになった。松本唯なのかって」

「私もです」とつばさが頷く。「今まで、心のどこかで、遠くで元気に生きてるんじゃないかって希望を持ってて……ほら、唯ってかわいかったし、おしゃれだったでしょう。たまたま家出したタイミングで大雨に遭っただけで、親切な人の車に乗せてもらって、とか」

「家出?」

ルームミラーに映る先生の眉根が寄る。

「松本は、家を出たいようなこと言ってたのか?」

「んー、違いますけど、誰だって出たいでしょ、こんなつまんないとこ」

つばさの声はすこし投げやりに聞こえた。

「そうか？　車社会ではあるけど、生活にさほど不便はないと思うな」

「だからですよ。ぬるま湯っていうか、長く住んだ人は、ここでいいやって落ち着いちゃう。ショッピングモールもファミレスも病院も生活圏内にあって、切実に困ってない。でもその、緩んだというか澱んだというか、停滞した空気に慣れて自分まで身動き取れなくなる未来っていうのが、若い時は恐ろしいんです」

「登島がそんなこと言うなんて意外だな。昔は、俺が東京の大学勧めても『地元で就職します』って頑なに言い張ってただろ」

「ああ……当時はいろいろ拗らせてて、右へ倣えで東京に行きたがるのはださいって虚勢を張ってただけです。結局、東京に出ました」

「それでいいんじゃないかな。登島は成績優秀だったから、上を目指さないのはもったいないと思ってた」

「杉田先生はどうしてたんですか？」

　つばさの質問と同時に信号が赤に変わり、先生はブレーキをかけると長いため息をついた。

「恥ずかしい話、十五年前の豪雨がショックで。自分自身怖い思いをしたし、松本が……教え子が行方不明になったのが。しばらく、雨音を聞くたびに動悸がして眠れなくて。休職して海外を転々とした挙句、教職から離れて、知り合いの会社で働き出したんだ。生徒たちのことを放り出して、登島にもどの面（つら）下げて連絡すればいいんだってかなり迷ったよ」

「私は、誘っていただけてよかったと思ってますよ」

つばさはやさしく言った。

「ありがとう」

あたしが知っている、あたしを知っている人たちの人生にはいろいろなことが起こったんだ。十五年という月日の長さを初めて痛感し、無性に悲しくなった。あたしの時間はもう更新されることなく、つばさや先生から置いていかれるだけ。涙は出なかった。車は見知った道を進む。行き先の見当はついている。あたしの家だ。

「遠いところから、わざわざありがとうございます」

玄関先でつばさたちを出迎えたママは、思ったほど老け込んでいなかったのでほっとした。もちろん、ど真ん中のおばさんから「おばあちゃん寄りのおばさん」に変わりはしたけれど、もっとやつれて、それこそ幽霊みたいな見た目になっているんじゃないかと怖かったから。

「どうも、この度は……」

ふたりが神妙な顔でお辞儀をしようとすると、ママはすこし笑って「どうぞ上がってくとしてるくらいなんですよ」

リビングの家具やカーテンは、記憶と変わらない。ママは紅茶とスコーンを出し、先生に向かって「私が焼いたんですよ」と言った。「お口に合うといいんですけど」

「恐縮です、では、おひとついただきます」

先生はマスクを顎の下までずらすと、たっぷりジャムを塗ったスコーンをかじって「うまい！」と若干大げさにリアクションしていた。

「つばさちゃんもどう？　昔、散々食べさせられて飽きちゃった？」

「いえ、おばさんのスコーン、とってもおいしかったの覚えてます。ただ、もう食事を済ませてきたのと、ダイエット中なので」

「あら、そんなにスリムなのに」

ママはつばさの全身を眺め、「その服、よく似合ってる」と目を細める。

「ありがとうございます」

「生地の光沢も縫製の行き届き方も、量販店の安物とは全然違う。とてもいいところのスーツね」

「いえ……」

「見ればわかるわよ。これでも昔はアパレルの仕事してたんだから」

大昔だけどね、とおどけてみせるママにつばさは戸惑いがちな愛想笑いで応えた。

「つばさちゃんに会うのも久しぶりね。東京で働いてるって聞いたけど、ご実家には顔を出してるの？」

「いえ、仕事が忙しくて、なかなか」

「そうよね、無理に帰ってくる必要なんてないわ」

ママは力強く頷いた。

「唯のために、ありがとうね」

「そんな、当たり前です」

「杉田先生まで来てくださって、きっとあの子も喜んでます」

急にしんみりとトーンを落としたママの声に、つばさも先生もうなだれる。あの子、はここにいるんだけどな。喜んでる、うん、確かに嬉しいっちゃ嬉しいんだけど、あたしの記憶が依然おぼろげなせいか、ものすごく「ありがとう」って感じでは、ない。来てくれたって生き返るわけじゃないし、と心のどこかでやさぐれてしまっているんだろうか。

「豪雨の日、私はちょうど北海道に単身赴任中だった夫のところに行っていて」

ママが話し出す。その隣であたしは足の爪の、剝げかけたペディキュアをかりかり引っかいている。

「夜、ニュースで豪雨を知って、何度家に電話をかけても繫（つな）がりませんでした。翌日帰ったら唯はいなくて……近所の人が、川沿いを歩くあの子を見ていたので、道中のどこかで増水した川に落ちたかしたんだろうと。今回、下流に流れ込んだ土砂をショベルカーで撤去している最中に骨が見つかったんです。十五年前、大雨のせいでいなくなったあの子が、大雨のおかげで発見されるなんておかしな巡り合わせですよね」

ふうん、そうだったんだ。他人事みたいに思った。増水した川に落ちた……ぴんとこないけど、苦しすぎて忘れちゃったのかな。だったらもう、思い出したくないかも。

「あの」と先生が遠慮がちに声をかける。「もし可能なら、唯さんの部屋を見せていただけませんか。彼女がどんなふうにここで生きていたのか、すこしでも感じたくて」

「えっ、やだ」

あたしはもちろん抗議したけれど、ママは「もちろんです」と即答し、先生とつばさを二階へ案内した。しょっちゅう遊びに来てたつばさはともかく、先生に見られるのは抵抗があるのに。

「まめに掃除して空気を入れ換えてますので、うちでいちばんきれいかもしれません」

ママがどこか誇らしげにドアを開け、照明のスイッチを入れると、ふたりが同時に息を呑む気配がした。視線の先にはあたしの机があり、机の上にはあたしの写真が飾ってあった。ハート形の、ピンクのフォトフレームに。フレームの周りもピンクのぬいぐるみやキャンドルで埋め尽くされ、ピンクの一輪挿しには「ＬＯＶＥ」と金色でプリントされたメタリックピンクのバルーンが活けてある。ついでに言うと写真の中のあたしもどぎついピンクの髪色だった。

「かわいいでしょう？」

ふたりが完全に引いてしまっているのに気づかないのか、ママはにこにこと言った。

「お葬式はね、してないんです。今さらだし、あのモノトーンがいやで。唯には似合わないもの。しきたりとか固定観念に囚われず故人を悼むやり方だってあると思うんですよ」

「あ……はい、そうですね、それはもちろん」

先生が目を泳がせながらぎこちなく頷く。

「これは、私がいちばん気に入ってる唯の写真。やっぱりピンクとか明るい色が映えるんですよね。あの子、多分ブルベ春だから……あ、関係ない話をつらつらと、すみません。一階におりますので、どうぞ、心ゆくまでお話ししていってください」

ブルベ春って、なに。あたしの疑問に答えずママが部屋を出て行くと、先生は何度か首を振ったものの、室内の、桃色祭壇以外に目を走らせてから目を閉じ、手を合わせた。つばさもそれに倣う。しばらく経ってつばさが目を開けても先生は石になったみたいに動かなかった。先生、そんなに反芻するほどあたしとの思い出があるの？　あたしはそうでもないんだけど。授業中、HR、進路相談……うっすら浮かぶエピソードは、ほかの先生の顔にすげ替えても成立しそう。それとも忘れてるだけ？　待ちくたびれてベッドに腰を下ろすと、つばさも痺れを切らしたのか遠慮がちに「先生？」と声をかけた。

「大丈夫ですか？」

「ああ……ごめん」

先生は人差し指と親指で両方の目頭を押さえ、声を詰まらせる。

「駄目だな、いざ生活の匂いがするところに来たら……ちょっとだけ、松本とふたりにしてくれないか？」

「わかりました」

おかしな話、あたしも邪魔者のような気がして、つばさの後について一階へ下りた。すると、ママの話し声が聞こえてきて、つばさがさっと階段横の壁に張り付く。あたしは隠れる必要がないのでそのままドアをすり抜けてリビングに行った。

「……まだ帰ってこないなんてどういうつもり？」

ママはひどくいらいらしたようすで、誰かと電話していた。

「今なんか、高校時代の担任の先生と、つばさちゃんがわざわざ来てくれてるのよ。つばさちゃんって言っても、家に寄り付かなかったあんたにはわかんないでしょうけどね。赤の他人でさえ唯を思ってくれてるのに、父親がこんなに薄情じゃあの子も浮かばれない」

パパ。パパのことは、また一段と思い出せない。あたしが小学生の頃からずっと単身赴任で、そもそも思い出せるようなエピソードがないのかもしれない。「だいたいね」とママの声はどんどん大きくなる。

「あの子が死んだ原因はあんたにあるのよ。私が傍についててやればこんなことにならなかったのに、あんたが……はあ？　なに偉そうなこと言ってんの⁉」

目を吊り上げ、拳を固めて怒鳴るママに、懐かしさを覚えた。そうだ、ママってよくそんな顔してたよね。

「あんたが！　全部！　悪いんでしょうが！　何もかも‼」

言葉だけじゃ足りないのか、子どもみたいに足で床を踏み鳴らす。

「葬式なんてしないわよ！　もう骨になったんだから、火葬の必要もないでしょ？　冗談じゃない、あの子に盗まれたお金も返ってきてないのに‼　父親の女癖が悪いから、唯は手癖が悪くなったのよ！　私はちゃんとおしゃれさせてやって、不自由させなかったのに！」

お金？　何のこと？　あたしは思わずママに駆け寄って「知らない」と訴えた。

「そんなことしてない」

本当に？　忘れてるだけじゃなくて？　あたしがお金を盗んでたとしたら、それはどうして？　高額でママに言えないようなもの、を想像してみても見当もつかなかった。それとも、つばさが言ってたみたいに家出しようとしてた？　あたしにそんな度胸はないはず。

何かを思い出すたびにわからないことが増えていくのが怖い。でもあたしにはもう行くところも帰るところもない。

「ちょっと聞いてるの？　何とか言いなさいよ――」

　パパは電話を切ってしまったらしい。ママは携帯を耳から離して睨みつけると、大きな舌打ちをして親指の爪をがじがじ噛み始めた。この癖も、懐かしい。ママの爪はいつも痛々しいほど短く、赤ちゃんみたいな指先であたしにラメ入りのネイルを施していた。

「あの……お取り込み中すみません」

　声とともにリビングのドアが細く開き、気まずそうな先生の顔が覗く。その肩越しに頭のてっぺんしか見えないつばさも、きっと同じ表情をしているだろう。あら、とママは瞬時に笑顔に切り替える。

「ごめんなさい、お恥ずかしいところを。しつこいセールスだったので、うんざりしてしまって」

「ああ、いやですよね、どこで番号を仕入れてるんだか」

　先生は調子を合わせてから「そろそろ失礼します」と言った。

「今、新しい紅茶をお淹れしようと思ってたのに」

「いえいえ、そんなにしていただく必要はありません」

「そう……」

　ママは残念そうにも、ほっとしたようにも見えた。先生とつばさが玄関で靴を履いている時、ママがコンビニのレジ袋に詰めたスコーンを「お土産（みやげ）に」と押しつける。

「冷凍もできますし、オーブンや電子レンジで簡単に温められますから」

「あ、どうも、ありがとうございます」

ふたりは逃げるように、ううん、あたしの家から、文字どおり逃げ出した。つばさなんて、まだ動揺しているのか後部座席じゃなく助手席に乗っちゃったし。

「いや、何というか……すごい体験だったな」

「残念でしたね」

「え？」

「せっかく唯のこと偲（しの）んでたのに、おばさんの声に邪魔されたでしょう」

「うん、さすがに気になっちゃってな」

先生はスコーン入りレジ袋の口を縛（しば）りかけ、思い直したように「ひとつ食べるか？」とつばさに尋ねた。

「いえ」

「普通にうまかったよ」

「それは知ってます。でも、おばさん、たぶん髪の毛を縛りもせずに作ってるんですよね。一度、歯の間から長い髪がつーっと出てきたことがあって」

「げ、まじかよ……教えてくれよ」

「すみません、でもあの場で言えるわけないし、ふたりとも手をつけないのもちょっとな、と思ったので」

スコーンはあたしのいる後部座席にぽいっと放り投げられ、シートから転がって床に落ちた。先生は振り返りもせず「松本のお母さん、本当は誰と電話してたんだろうな」とつぶやく。

「内容までは聞き取れなかったけど、すごい剣幕だったぞ」

「おじさんだと思います。唯のお父さん」

「仲が悪いのか？」

「はい」

つばさは躊躇せず答えた。

「さっき、アパレルの仕事してたって言ってたじゃないですか。東京でショップの店員か何かしてる時に、おじさんと知り合ったらしいんですね。おじさんはこっちの出身で、結婚してから転勤で地元に帰ることになって、おばさんはすごくいやがってたけど、結局仕事を辞めてついてきたそうです。工場で何年か勤めたらまた東京本社に戻れるっていう言葉を信じて」

つばさの話すストーリーが、あたしの、虫食いだった記憶の空白に次々嵌まっていく。そう、そう、そうだった。その続きを、あたしは知ってる。あたしがつばさに教えたんだもんね。

「――でも、おじさん、社内不倫しちゃったんですよ。相手はここで生まれ育った地味なパートさんで、会社バレしてクビにはならなかったけど、もっと辺鄙（へんぴ）なところに左遷された。これが、唯が小学校に上がるくらいまでの話」

表情を変えず、淡々と話すつばさを、先生は知らない人を見るような目で見ていた。

「それからも、誰も行きたがらない地方の支社とか工場をたらい回しにされたそうです。おばさんは、ここにいるのはいやだけど、ここ以上の田舎に行くのもいや、仕事を辞めてずいぶん経つから娘を抱えて東京で暮らしていくだけの自信はない……まあ、詰んでますよね。結局、おじさんと離婚はせず、お金だけぎちぎちに管理するって結論に達したんですよ。十五年前、おばさんが北海道に行ってたっていうのは、抜き打ちの浮気チェックのためでしょうね。年に一回か二回行くんだって唯が言ってましたから。まあ、タイミングが悪かったっていうか」

「……知らなかった」

先生が苦い顔で頭を振る。

「唯から聞いてませんでした？」

「何も。ただ、お母さんのほうは……もう辞めたから言うけど、教職員の間では、難しい人っていう共通認識だったよ。松本は髪の色とか化粧とかピアスとか、派手だっただろ？それを注意すると人権侵害だって怒鳴り込んでくるから、見て見ぬふりをするのが暗黙の了解になってた」

「ピアス開けたのもおばさんです。唯が小学校に入学した時だったかな、ファーストピアスは母親が開けてあげるものだからって。当時も、虐待じゃないかって騒ぎになったみたいですけどね」

「そうだったのか」

「あの子の服も髪も、全部おばさんプロデュース。片田舎のヤンキーファッションとは一線を画したおしゃれで個性的な女の子を育て上げて、東京に送り出すのがおばさんの夢。唯が東京で服飾関係の仕事に就いてばりばり働いて、おばさんを迎えに来てくれたら、やっとおじさんと離婚できるから」

「……それは、松本も納得してたのか？」

「本人は、学校や近所で浮いちゃうのをいやがってましたよ。おとなしい性格だし、平凡な女子高生でいたかったと思います。でも、あのおばさんのキャラに逆らえないでしょ」

「そうか。じゃあ、登島の存在は、松本にとって救いだったと思うよ」

先生はまっすぐにつばさを見つめた。

「きっと、登島には包み隠さず何でも話せたんだろうな」

つばさはさっと目を逸らし「まさか」と言った。

「何でも、なんて、知ってるわけがない」

つばさの話に触発されたのか、あたしは徐々に思い出していた。あたしじゃなく、つばさのこと。つばさはちいさい頃から頭がよくて、「弁護士になりたい」って言ってたこと。でもつばさの三つ上のお兄ちゃんはつばさの半分くらいの偏差値だったのに、男だから、お兄ちゃんだからって理由で東京のFラン私大に行かせてもらって、つばさに出す学費はないから、実家の酒屋を手伝いながらおじいちゃんとおばあちゃんの面倒を見なきゃいけなかったってことも。十五年間、つばさはどんなふうに生きてきたんだろう。

「駅まででいいのか？」

エンジンをかけた先生に、つばさは「ちょっと行ってみたいところがあるんですけど」と言った。

「寄り道してもらってもいいですか？」

「いいけど、どこ？」

「高校です」

「え？」

「懐かしくなっちゃって。こんな機会でもなかったら二度と行くこともないでしょうし」

「いいけど……もう門閉まってて、誰もいないと思うぞ？」

「中に入れなくてもいいんです。外から眺めるだけで」

「了解」

音楽もかけず、ラジオもつけない静かなドライブだった。お通夜ムード、という言葉が思い浮かんでひとりで軽くウケたけれど、目の前にいるふたりと共有できない空しさにすぐ取って代わられ、真顔に戻る。

「懐かしいな、この道」

先生の言葉は本心かどうか怪しい。だってもう真っ暗で、景色なんかよく見えない。単に沈黙がいやで言ってみただけかもしれない。このドライブが終わったらどうしよう。家でママをずっと見守るっていうのはキツいし、先生かつばさ、どちらかについていっちゃおうか？　あれ、それって「取り憑く」ってことになるのかな。やばい？「守護霊」っていうのになればいい？　でも方法がわかんないや。

「学校のさ、教職員駐車場の松の木ってまだあるのかな」

「あの、願掛けの松ですか？」

「そうそう。紙ごみを放置してご近所に飛んで行ったりすると苦情がくるからやめろって何度注意しても廃れなかったんだよな」

「特に女子ですよね」

「うん。登島も松本とやったのか？」

「いえ」

つばさの答えは冷淡なほどそっけなかった。

「私も唯も、一度もやりませんでした」

ぴしゃりとはねつける口調に、先生はやや白けたように語尾を伸ばす。

「そうなのかあ」

「私たちのことより、先生の話してください」

「俺の？　どんな？」

「今、子ども向け通信教材の会社にお勤めなんですよね」

車が暗い橙色（だいだいいろ）の空間に突っ込んでいく。短いトンネルに入った。

「フルネームで検索かけたら顔写真と一緒に出てきました。リモート授業とかタブレット端末の普及で業績は好調、今後はＡＩの採点システムを充実させていきたい――って、新聞のインタビューに答えてたでしょう」

あっという間にトンネルを過ぎ、高校へ続く坂道は目と鼻の先だった。つばさが話した内容は意味不明な単語だらけだったけれど、先生が今、社会人としてうまくやっているのはわかった。

「んー、まあ、たまたまだよ。さっきもちょっと話しただろ？　友人が起ち上げた会社に転がり込んで、事業のひとつが当たった」

「うらやましいです」

先生は「何言ってんだよ」とわざとらしく笑い飛ばす。

「登島だって、立派に頑張ってるんだろ？　そうだ、どんな仕事をしてるんだ？　登島は本当に秀才だったからどこへ就職しても――」

「無職です」

そのひと言で車内はまた静まり返った。すこし間を置いてつばさは続けた。

「二十歳まで、実家で我慢しました。無給で家族にこき使われてつらかったけど、未成年だといろいろ難しいと思って。二十歳になったら秘密のへそくりを持って家を出て、バイトしながら予備校で一年勉強をやり直す。三年遅れで大学生になってもきっと取り戻せる、長い人生からすれば誤差みたいなものだって自分に言い聞かせて、実行に移しました」

でもね。つばさの声は、ガードレールの外の暗がりから響いてくるように聞こえた。

「大学、普通に落ちました。滑り止めも含めて、全部。慣れない街で、誰にも頼れずに、バイトと勉強でぱんぱんになりながら自活していくなんて、私には無理だったんです。現実が見えてなかった、それに尽きます。もう一年頑張ってみようなんて気力は湧かない、でも家には戻れない。学歴も職歴もなくて、いろんな仕事にチャレンジしても、非正規ばっかり。それでも、働き口があるだけまだ幸せだったんだって、バイト先が潰れてから思い知りました。賄（まかな）い目当てで、飲食系狙うことが多かったんですよね。メインの収入源だったお店が最初の緊急事態宣言でひとたまりもなくて、それからはコンビニやスーパーで働いたけど、今度は自分が感染しちゃって」

　車のヘッドライトに高校の正門が照らされる。黒い鉄柵が鈍くつややかにあたしたちを拒んでいた。「裏門の方まで回してください」とつばさが注文する。

「軽症で、自宅療養で済みましたけど、その間のお給料は出ないし、回復してからもすっごい倦怠感が残って、一日三、四時間も立ち仕事したらもうへたり込んで使い物にならないんです。注意力も散漫になって、今でも元に戻らない。短時間のバイトと少ない貯金でやり繰りしながら、毎日が綱渡りみたいでした」

　裏門の前で先生が車を停めると、つばさはシートベルトを外し、助手席で膝を抱えて顔を伏せてしまった。

「それで……持続化給付金、もらったんです」

「え」

　先生が短く声を上げる。ジゾクカキュウフキン。また、謎の単語が出てきた。なぜか、東京特許許可局、という早口言葉を連想した。前方に身を乗り出して先生を覗き込むと、呆れたような、見下すような目つきだった。つばさは、悪いことをしたのかもしれない。

「バイト先の人に誘われて、変な投資セミナーみたいなのに行ったら、やり方を教えてくれました。すごく簡単に、百万円、ぽんと振り込まれて、私の何時間ぶんの労働のお金だろうって思ったら、嬉しいよりもすごくむかついたの覚えてます。ほんとはそれをセミナーの主催者に渡さなきゃいけなかったけど、ばっくれました。投資に回して十倍にも百倍にもできる、なんてうそに決まってるから。きょうのスーツも靴も、そのお金で買ったんです。ちびちび大事に使ってた残りの二十万円、全部飛んだ」

ふふ、とつばさがくぐもった笑い声をこぼす。

「もし地元で、知り合いに会った時にみじめな姿なんか見せられないって、ほんのいっときの見栄(みえ)のために。東京であんなに大きな買い物したの初めてで、気持ちよかった。服が入ったショッパーを肩から下げて歩いてる時、無敵みたいな気分だった」

ふふ、ふふ、と断続的な笑いの後、絞り出すように「馬鹿みたい」と聞こえた。

「何でこんなふうになっちゃったんだろ……」

スーツの肩が、小刻みにふるえている。先生は眉を八の字にしてそんなつばさを傍観していたけれど、やがてためらいつつ肩に手を置いた。

「登島……何て言っていいのかわからないけど、何もかも終わったわけじゃない。まだ若いし、何より、生きてるんだから、やり直しはきくと思うよ」

その言葉が届いているのかいないのか、つばさは微動だにせずじっと押し黙る。あたしはそんな親友が心配で、けどそれ以上に、何かざわざわしたものを感じていた。大事なことを、思い出しそう。大事だけど、思い出したくないこと。

「それって、先生自身のことですか。自分がやり直してうまくいったから」

急に、はっきりした口調でつばさが訊く。

「うん、まあ……ごめん、偉そうにしたいわけじゃなく、俺はただ」

「松の木に願を掛けたいのは先生のほうじゃないんですか」

「え？」

つばさが、ゆっくりと顔を上げる。長いつき合いのあたしでも見たことがない、らんらんと輝く光が瞳に宿っていた。そして身体の横に置いていたトートバッグ（雑誌の付録っぽい、チープなやつ）から何かを探り、取り出す。

「たとえば、これとか」

あたしは先生より先に「あっ」と反応してしまった。二つ折りの携帯電話。ドコモのSH903i。あたしのだ。

先生は黙って目を細める。チャームポイントのはずの目尻の皺が、何だかひび割れみたいに見えた。あたしの携帯。それは間違いない。でもどうしてつばさが持っているんだろう。ていうか、「願を掛けたいのは先生」って？　先生もそれを探してたってこと？　あたしの疑問を代弁するように、先生が「どうして」と言った。

「どうしてお前が、それを」

「秘密」

さっきまでのローテンションとは打って変わって、つばさは何だか楽しげだった。

「十五年前に拾ったんです。唯のガラケーだっていうのはわかってました。あの子、おばさんが携帯買ってくれなかったのに。何で持ってたんでしょうね？」

そうだ、ママはさっき「何度家にかけても」って言ってた。あたしの携帯番号を知ってたんなら、当然そっちにかけたはず。

「パスワード掛かってたけど、四桁だから一万通り、暇な時にこつこつ試してたら、三カ月くらいでヒットしました。メールをやり取りしてた相手はひとりだけ――『杉ちゃん先生』って呼んでたんですか？　ふたりきりの時は」

あたしの脳裏に、ストロボを焚いたような強烈な光が点滅する。進路相談室で抱き合った時に頭上でチラついていた蛍光灯の光、図書室でキスした時にカーテンの隙間から射し込んできた夕方の光、国道沿いのラブホでセックスした時に枕元を照らしていた怪しい色の間接照明の光――全部「杉ちゃん先生」との時間だった。

「先生が、連絡用に携帯渡してたんですね。バカップルなメールが山ほど、写真フォルダにもツーショがいっぱい。卒業したら結婚しようねってやり取りも見つけちゃいました」

時間を止められてしまったみたいに固まって動かない先生のこめかみを、汗がひと筋流れ落ちるのをあたしはじっと見ていた。汗かいて、焦って、この人も生きてる。大好きだった、杉ちゃん先生。先生さえいてくれれば、何も怖くなかった。

「なのに唯の妊娠がわかった途端、手のひら返すなんてひどくないですか」

――この状況では無理だよ。

――今回は諦めよう。その代わり、一生かけて償っていくから、な?

――親御さんや周囲にばれたら、俺は仕事をクビになるどころか、捕まるかもしれないんだよ。そんなの、唯だって悲しいだろう?

いつかの先生の声が、耳の中だけでこだまする。何度説得されても、あたしは「いや」と譲らなかった。

――絶対産む。先生、ふたりでどっか行こ? あたしも学校やめて働くから、ねえ、お願い。でなきゃ、今、ママに言うから。

そこまで言い張ると、先生はやっと折れてくれた。

「あの日、約束してたんですよね」

ママが抜き打ちチェックで家を空ける夜。

「ふたりで駆け落ちするはずだった、そのために唯は家のお金を引き出した。でも大雨で、待ち合わせ場所に行く途中で川に落ちた。先生、逃げたんでしょ? 唯の携帯はどこに行ったかわからない、唯の遺体が見つかったら妊娠してたことがばれるかもしれない。だから、すぐ海外に飛んだ。二年経っても大丈夫だったから戻ってきた。仕事も変えた。でもニュースは常にチェックしていて、遺体発見にもすぐ気づいた――こういうことつらつら話すの、探偵みたいで楽しいですね」

あたしの携帯をぱかぱか開閉させながら、つばさはすっかり余裕の表情だった。

「私に声をかけたのは、唯が私に何か打ち明けてたんじゃないかって疑ってたから。ちょいちょい、下手な探り入れてきてたし。唯の部屋で見え透いた小芝居打ってひとりになったの、携帯探すためでしょ？　おばさんにびびってすぐ諦めてたの、ウケる」

ぱくん。ぱちん。ぱくん。ぱちん。携帯を開け閉めする間抜けな音が響く。先生が発したのは、たったの一文字。

「——で？」

つばさも、短く打ち返した。

「お金」

迷いなく、正しいことをしていると言わんばかりの、きらきらした瞳で。

「何の罪にも問われないけど、教育関係のお仕事されてる人にはよくない過去ですもんね。あ、最近、ふたり目のお子さん生まれたんですよね？　お幸せそうで、ほんとうらやましい」

「いくら」

「とりあえず百万」

「とりあえず？」

「持続化給付金の話、したでしょ。あれ、返還しないとやばそうなんですよ。マイナスをゼロに戻すだけで、私の手元には残らないもん。財産ごっそりいこうなんて考えてないから、安心してください。ちょっと順風満帆な人生のおこぼれが欲しいだけ。だって不公平じゃないですか、私だって必死に頑張ってきたんだから」

先生はハンドルの上で両手を組み合わせ、そこに額を押しつける。まるで救いを求めるお祈りのポーズ。

「今、ネットバンクで振り込んでくれてもいいですよ。それともPayPayとかで少額ずつ送ってくれます？　一日十万までだから……」

「黙れ」

先生が、上半身を軽くひねって両手でつばさの首を捕らえる。あたしは、ひっ、と息を吞んだけれど、つばさは冷静だった。何度もリハーサルしてたんじゃないかと思うほどスムーズにバッグを探ると、今度は包丁を取り出し、先生の脇腹に突き立てた。何度も。刃先がどこかの骨に当たったのか、がきん、と硬い音がした。先生は「え、え」と困惑したような声を発し、あたしは見ていられなくて車から転がり出た。地面についた膝も手のひらも、ちっとも痛くない。身体で刃物を飲み込んだ先生の痛みを想像しようとしてもできなかった。

つばさ、何で包丁なんか。最初からこうする計画だったの？　それとも、話がこじれた時の護身用？

助手席のドアが開く音がして、恐る恐る振り返ってみると、つばさが出てくるところだった。両手が血でてらてらと生々しく光っている。マスクも、スーツの中に着ている白いシャツも真っ赤だった。そのままふらふら二、三歩進むと、血まみれの両手をだらんと垂らし、言った。

「唯」

あたしの名前を、あたしのいない、街灯の下に向かって。

「ねえ、唯、見てたでしょ？　あいつ、唯のことやっぱり遊びだったんだよ。ひとつも私に反論できなかったもん。唯を弄(もてあそ)んでさあ、ひどいやつだよね。あんなやつ、死んで当然だよ。もうちょっとうまくやって、何度かお金引っ張ってからとどめ刺せれば一石二鳥だったんだけど、私も緊張してたし、あいつキレるの早くて」

誰に、何を、しゃべってるの？　誰もいない舞台で、スポットライトに向かって一人芝居を始めたようなつばさの横顔を、あたしは呆然と見ていた。

「でもやったよ、やったからさ――もう、私のこと許して」

汚れた両手で顔を覆うと、額や目元にも血がなすりつけられる。幽霊が生きている人間に怯(おび)えるなんておかしな話だけど、つばさが恐ろしかった。

「ねえ、唯……まだ怒ってるの？」

いや、怖いんだって。真横にいるあたしを無視し、つばさは弱々しく後ずさる。

「ごめんなさい。本当に、悪かったと思ってるの。あの時唯が嬉しそうで、悔しかったの、置いていかれたくなかったの。ついお金に目がくらんで……あんなことするつもりなんてなかった――ごめん、お願いだから、もう成仏してください。十分でしょ？　ずっと私についてきて夢にまで出てきて、おかげで受験も失敗して何もかも上手くいかなくなった。もう許してよ、そんな目で見ないで……」

　車のドアにもたれ、そのままずるずると座り込んでつばさは啜り泣き始めた。あたしはその前に立ち「つばさ」と呼びかける。

「濡れ衣だよ。あたし、化けて出たりしてない。つばさの罪悪感が見せてる幻だと思うよ。勝手に人を悪霊にしないでくれる？」

　あたしの声は、届かない。


　十五年前のあの夜。あたしは前日から二回に分けてママのキャッシュカードで百万円下ろしておいた。夕方から急に雨が降り出し、どんどん激しくなっていくにつれ、わくわくしていた。杉ちゃん先生と、ここじゃないどこかに行くんだ。新しい人生を、お腹の中の子と三人で始めるんだ。夜になると、叩きつけるような豪雨にも構わず、携帯と百万円が入った封筒だけ手提げかばんに入れて家を出た。ママが選んだものは持って行きたくなかった。

傘を差してもずぶ濡れになるような土砂降りの中、かばんを胸に抱いて川沿いを歩いていると、後ろから「唯!」と声をかけられた。雨合羽（あまがっぱ）にゴム長靴という重装備のつばさが駆け寄ってくる。

——あ、つばさ、どしたの、どっか行くの?

——は? 何言ってんの、雨やばいよ、避難指示出てるでしょ。防災無線聞いてなかったの?

——へえ、そうなんだ。

——のんきすぎるって、ほら、小学校行こ。荷物それだけ?

——行かない。

——唯?

あたしは、自分で描いた未来予想図に興奮してたんだと思う。今まで守っていた秘密を、つばさにだけは教えてあげたくなった。ちゃんとお別れを言っておきたかったし。

——あのね、誰にも言ってなかったけど、あたし、彼氏いるの。それで、どっか別のとこで一緒に暮らすから、ここにはもう帰らない。

——いや何言ってんの、そういう冗談いいから。

――冗談じゃないよ、ほら、軍資金もあるし。

かばんからちらりと分厚い封筒を覗かせると、合羽のフードの下でつばさの目が一瞬光った気がした。でも雨のしずくがそう見せただけだと思った。

――橋のとこで待ち合わせしてるの、もう行かなきゃ。つばさ、今までありがと、元気でね。

あたしがかばんを抱え直そうとした時、つばさの手がにゅっと伸びてきて、かばんを引ったくった。そして、無言のままあたしを強く突き飛ばした。

あたしは土手を転がり落ち、泥色の水の中でわけもわからずもがき、気づけば両腕で岸辺の大きな木にしがみついていた。ふだん、こんなところまで水は来ない。そう思うと初めて恐怖心に駆られた。死ぬかもしれない。空のペットボトルや木の枝、片方だけのスニーカー。いろんなものがあたしにぶつかり、すごい速さで橋をくぐって下流に流れていく。

――助けて！

思いきり叫んだ。土手はすぐそこだけれど、這い上がるためにここから手を離した瞬間、流されてしまうだろう。見上げた先の遊歩道に並ぶ、ガス灯風の街灯が遠い。

助けて、誰か、と叫び続けていると、こっちに走ってくる車のヘッドライトが見えた。杉ちゃん先生だ。来てくれた。杉ちゃん先生はやっぱりあたしの運命の人だ。

車を停めて出てくると、きょろきょろとあたりを見回す。あたしは力の限りに名前を叫んだ。きっと届くと信じて疑わなかった。

——杉ちゃん先生！

先生があたしに気づき立ち止まる。ほらね。よかった、これで助かる、先生が何とかしてくれる。お金も携帯も奪われたけど、生きていれば大丈夫だ。いつか、子どもに「大変だったんだよ」って話してあげよう。

先生が慎重に土手を下りてくる。手を伸ばして引っ張ってくれるつもり？　嬉しいけど危ないよ。ロープか何かないと。

誰か呼んできて、と言いかけた時、先生は無言で屈み込んで地面を探ると大きく腕を振りかぶり、振り下ろした。あたしの顔の側を何かが掠め、水に落ちる。

え？

先生はもう一度、同じ動作を繰り返した。今度は肩に硬いものが当たる。たぶん、石か何かだ。

——先生、なに？　やめて！

無数の雨粒に打たれる先生の顔はお面みたいにのっぺり白く、無表情に見えた。これが、あたしの大好きな人の顔？　大好きな人があたしに向ける顔？

ぞっとして手の力が抜け、あっと思った時には濁流に飲まれ、流されていた。待ち合わせするはずだった橋が、どろどろした視界の中でどんどん遠ざかる。

あたしはまた、松の木の前にいた。願掛けの紙と松葉は夕方と変わらず根元にあった。あたしとつばさが一度もやらなかったおまじない。あたしたちには失くしたものなんてなかったから。最初から持ってなかったから。

すべてを思い出しても、怒りも恨みもなかった。先生は死んでしまったのか、つばさがこれからどうするのか、どっちもどうでもいい。つばさも先生も、あたしのことがそんなに好きじゃなかった。ただそれだけの、不幸と呼ぶにもしょぼい現実があっただけ。でも、縁もゆかりもなく、名前さえ知らない女の子があたしを気の毒に思って願を掛けてくれた。それもまた、現実のできごと。

いつの間にか、あたりは墨で塗りつぶしたような暗闇だった。闇の中に、ぽつんと浮かぶ光が見える。六等星を水に沈めたように、頼りなく揺れる光。あそこを目指せばいいんだな、とすんなり思った。あの寂しい光を目指そう。お花畑、きらめく川、そんなロケーションじゃなくて、むしろよかった。この世に産んであげられなかった、あの子の魂かもしれない。嬉しい、やっと会える。あたしは愚かだったけれど、誰のことも呪わず、祟らず、幽霊としての生を全うしたんだ。

行ってきまーす。

特別縁故者

かん、かん、と耳障りな音が響く。隼（しゅん）が遊んでいる。鳩（はと）サブレーの空き缶を鉛筆で叩く手遊びの不規則なリズムがどうにも不快で、恭一（きょういち）は布団からのそりと起き出すと襖（ふすま）を開けて「おい」と声をかけた。

「うるさいぞ、外で遊んでこい」

「寒いよ」

「じゃあ静かにしてろ、眠れないだろ」

隼はちょっと不服そうに口を尖らせたが、やがてこたつの側に脱ぎ散らかしていたジャンパーを羽織り、缶を抱えて出て行った。中に入った雑多ながらくた――息子にとっては「宝物」――が、一歩ごとにかしゃんかしゃんと鳴った。それがだんだんと遠ざかるのを聞き届けてほっと息を吐（つ）き、ふとんに潜る。スマホに大量にインストールしてある漫画アプリを巡回し、無料のものを読み逃していないかチェックしたが、すべて既読だった。読んだことさえ忘れているくせに続きが気になるなんておかしな話だ。仕方なく、これまた無料の麻雀（マージャン）アプリを起（た）ち上げ、イージーモードで対局を始めた。ポンやチーのアドバイスも聴牌（テンパイ）も、点数の計算も全部自動的に行われるため、楽を通り越して張り合いがないのだが、何か手を動かして暇をつぶせれば何でもいい。要はさっきの隼と変わらない。広告が表示される三十秒間は目を閉じて、やり過ごす。みみっちい抵抗だ。見てやってたまるかよ、と誰にともなく舌を出しながら頭の中で三十カウントする時、この二年間の、うまくいかなかったことばかりがいつもあぶくのように湧き上がっては弾けた。

金を賭けないお遊びでも、負けが込むと腹が立つ。一万六千点振り込んでしまった時点でアプリを終了させ、今度はツイッターのタイムラインを適当に追っていく。見る専用のアカウントだから発信はしない。既視感のあるライフハック、バズり狙いが見え透いて寒い企業の公式ツイート、それから最新のニュース。連続強盗事件……割と近所じゃねえか、怖いねえ、長引く後遺症、怖いねえ、芸能人の不倫、怖いねえ――お。

『ごみ処理施設から現金数百万円見つかる』というニュースサイトの見出しにスクロールの指を止め「まじかよ」とつぶやく。自分とは無関係な金の話なのに、なぜかもらいそびれたような悔しさに口角が下がる。捨てるくらいならくれりゃいいのに。やばい金だったとしても、絶対秘密にしてやるから。ていうか俺がここの作業員なら絶対ネコババしてんな。さもしい物思いに耽っている間にまたうつらうつらとまどろみ、玄関の鍵が開く音ではっと目を覚ました。隼か？　違うな、朋子だ。

「ただいまー……ちょっともう、宿題やりかけじゃん、隼ー？」

「出てったよ」

充電ケーブルを挿しっぱなしだったせいでほかほかのスマホを枕元に置いて応えると、襖越しに「はあ？」と聞こえてきた。間を置かず、襖が勢いよく左右に割れる。

「ひとりで？」

「言っとくけど追い出してねえからな。静かにできないんなら外で遊べって言っただけだし」

「追い出してんじゃん！」

顔面にマフラーを投げつけられる。ひんやりと外気を含んでいて、ふとんの中で発酵していたような寝起きの肌に心地よかった。

「小一に単独行動させるなんて、虐待だよ？　交通事故にでも遭ってたらどうすんの、すぐ捜しに行って！」

「もう夕方だし、腹が減ったら帰ってくるだろ」

「じゃあわたしが行くから晩ごはん作っててよ」

それもだるいが、これ以上何もせず寝転がっていると妻の逆鱗(げきりん)に触れそうだったので「わかった、行ってくる」と起き上がり、身支度を始める。

「出かけるついでに煙草(たばこ)代ちょうだい」

「は？」

「クリスマスプレゼントの前払いってことで」

「ふざけんなよ」

駄目元で手のひらを差し出すも、あっさりはたき落とされた。さっき投げられたマフラーを巻きつけ、ダウンのポケットに両手を突っ込んで玄関を出ようとした時、朋子から「年内に仕事見つかりそう?」と訊かれた。

「見つかんなそう」

「あっそ」

怒りや落胆を通り越した、諦めの声だった。これが完全なる無関心に変わらない内に何とかしなければ、と思ってはいるのだが、布団に入ってスマホに触れた途端危機感が溶けていく。怠惰(たいだ)な現状よりも、朝五時に起きて仕入れだの仕込みだのとあくせくしていた過去のほうをありえないと感じ始めている。ポケットからマスクを取り出して装着し、舌先で前歯をなぞると、きょう一度も磨いていないせいかにちゃっと粘った。

大方、近所の公園にでもいるんだろうと向かってみると、案の定かしゃんかしゃんと聞き慣れた音が近づいてくる。

「あ、お父さん」

「おい走んなよ、両手塞(ふさ)がってる状態で転んだらえらいことになるぞ」

「転ばないよ」

なぜ子どもというのは、しょっちゅう転んでいるくせに自信満々なのか。

「公園で遊んでたのか？」

「んー……」

何気なく訊いただけなのに、隼はなぜか首を傾げて膝から下をくねくね動かした。トイレに行きたい、わけではなさそうだ。何か隠してやがるな、とぴんときた。

「どこ行ってたんだ？　母ちゃんには内緒にしといてやるから、正直に言ってみ」

「……あそこの、家」

息子が指差したのは、家から一ブロック離れたところに立つ古い一軒家だった。ご近所づき合いはおろか、住人の顔も名前も知らない。

「何でだよ」

「スーパーボールで遊んでたら、跳ねて門の中に入っちゃったの」

「お前な、道端でスーパーボール出すなっていつも言ってんだろ」

しかし自分が「外で遊べ」と言った手前、そう強く注意もできず「で？」と先を促すと、隼は「門のところでうろうろしてたら、おじいちゃんが出てきたの」と答えた。

「スーパーボール入っちゃったって言ったら、『勝手に捜せ』って言われて、見つけて、帰ろうとしたらまた出てきて『ヤクルト飲んでけ』って」

「それで、上がり込んだのか？」

「うん」

ヤクルトに釣られてんなよ、と少々情けなく思いながら「知らない人の家に行ったり、物もらったりすんなっていつも言ってるだろ」と言い聞かせた。

「ごめんなさい」

「母ちゃんには絶対言うなよ。お礼に行かなきゃとかうるさいからな」

「はい」

こんな返事だけはいいのだった。

「ヤクルト、うまかったか？」

「うん、おっきいやつだった」

「ひょっとしてヤクルト1000？　気前いいじゃん、俺も欲しいよ」

「今度一緒に行こうよ。お父さんにもくれるかも」

「バカ、そんな恥ずかしいまねができるかよ」

叱られないとわかって安心したのか、隼はそのおじいちゃんとやらについて積極的に話し始めた。

「あのね、最初はちょっと怖いと思ったんだけど、しゃべってみたらそんなことなかったよ。うちよりずーっと広いのにひとりで住んでるんだって！　寂しくないのかな？　家政婦さんっていう人が週に二回来るけど、新しく来た人のごはんがおいしくないからいっつも残して、怒られるんだって。みそ汁なんかしょっぱくて飲めたものじゃないって言ってたよ」

「いい歳こいて好き嫌いすんなよなあ」

「でね、肩凝ってるって言うから、僕、いっぱい揉んであげたよ」

スマホにLINEの通知が入る。朋子からだ。『ごはん炊けてないんですけど!?』プラス怒りマーク。やべ、忘れてた。「ごめんね」のスタンプを返すと『お前もうまじで帰ってこなくていいから』と、ガチギレの様相だった。最近の妻は、生活苦に加えて生理痛がひどいとかで怒りっぽい。あー帰りたくね。どこにも行けねーけど。朋子の怒りをどう宥めるか考えていて、「それでね、」と続く隼の言葉を適当に聞き流していた。

「肩揉み上手だなって褒めてくれて、これ、くれたの」

「へー、よかったな」

上の空で答える恭一に、隼はかぱっと缶の蓋をずらし、中を見せてくる。

「ほら、これだよ」

「あ？　うん、はいはい――」

どうせ飴とか折り鶴だろ、とおざなりに目をやった瞬間、釘付けになってしまった。

「お前、これ」

「このおじさん、誰？　閻魔大王？　わかった、これ、お札でしょ。ばしって投げたら、悪いお化けが消えるんだ」

「いや……」

何だよ閻魔大王って。ああ、あれか、長い扇子みたいな棒持ってるからか、言われてみれば似てないこともないな、いや、どっちの顔も知らんけど。缶の中で、スーパーボールや蟬の抜け殻に交じって無造作に入っていたのは、聖徳太子が描かれた一万円札だった。何でこんなもんが？　札ではなく、札。恭一は思わず取り上げ、「僕のだよ！」という隼の抗議も聞かず、街灯の明かりにかざしてみた。透かしはちゃんと入っている。それ以外に真贋を見定める方法など知らないが、百均で売っているようなおもちゃじゃないのは確かだ。

「お父さん、返してよー」

「駄目だ」

「何で！」

腰にしがみついてくる息子の頭を押しやり、「これは子どもが持ってていいもんじゃない」と言い渡した。恭一の真顔に、隼も怯む。

「もし母ちゃんに見つかったら、めっちゃくちゃ怒られるんだぞ。だから、父ちゃんがあした返してきてやるからな。お前はもう、あの家に行くな。わかったな？」

「うん」

こくんと頷く息子に頷き返し、連れ立って家に帰るや否や、恭一は玄関先で朋子に「申し訳ございませんでした！」と土下座した。

朋子が夜の仕事に出かけると、隼を風呂に急きたて、あすの支度をさせて寝かしつけ、食器洗いその他の雑事をこなし、やっと自由時間に突入した（一日の大半を自由に過ごしているのだが）。ふとんの上であぐらをかき、デニムのポケットに押し込んでいた旧一万円札を広げる。やはり、とても偽札には見えない。スマホで調べてみると、聖徳太子の一万円札は一九八六年に支払停止になったようだ。恭一が生まれるより前だから、隼が知らないのも無理はない。まだ小遣いを与えていないし、普段の買い物もスマホ決済がほとんどで、紙幣という概念自体をよくわかっていない可能性さえある。恭一だって、実際手にするのは初めてだった。親父が持っていたのを見せてもらったことはある。

——何だお前、旧札見たことないのか。そうかあ。俺なんか、未だに福沢諭吉よりこっちのほうがありがたみがあるな。ほら、聖徳太子は五千円札もあったんだぞ。

使わずに取ってあるんだ、と、新渡戸稲造の五千円札やら、伊藤博文の千円札やら、出してきたっけ。五百円札なんてのもあったな、あれは誰の顔だった？　そこまで考えかけて、やめた。思い出したくもない記憶までよみがえってきそうだ。

何にせよ、隼が怪しみもせず引き下がってくれたのは幸いだ。ごみ処理場の数百万円に比べたら微々たるものだが、天のお恵みのような臨時ボーナスを手に入れた。いちまんえん、という響きを口の中で転がすだけで何とも言えない多幸感が広がる。

　ていうかこれ、使えんのか？

　またスマホを駆使してリサーチすると、自販機やＡＴＭでは弾かれてしまうそうだった。現行紙幣と引き換えるには、銀行の窓口に行かなければならないらしい。だりいな。古い貨幣は専門店に持っていけば額面より高く引き取ってもらえる場合もある、という話を思い出し、それも調べてみたが、聖徳太子の一万円札は流通量が多く、希少価値なしというつれない結果だった。紙幣番号によっては高額買取も、という記事を発見し、生まれて初めて紙幣番号なんてものを凝視するも、かすりもしていない。これは、ちょっと古いだけの「ただの一万円」、それでも今の恭一には大金だ。まず煙草だろ、王将(おうしょう)で餃子(ギョーザ)と炒飯(チャーハン)とビール……いや、「連れに貸してた金が返ってきたから」とでも朋子をごまかして、三人でファミレスか焼肉……ないな、「そんな無駄遣いできるわけないでしょ！」って生活費に回されるに決まってる。あぶく銭なんか、使っちまってナンボなのに。息をするにも金がかかる、息をするだけで病気になることもある。ひどい世の中だ。

　隣のふとんで眠っている隼がごろんと大きく寝返りを打ち、掛け布団と毛布がめくれた。そっとかけ直してやり、安穏そのもののような寝息を聞いていると、急に情けなさが込み上げてきた。失業したまま、妻に昼夜働かせてヒモ状態でだらだら過ごし、隼のゲーム機すらメルカリで売り払ってしまった。隼は、「どうせパパばっかり遊んでたし」と文句も言わなかった。何とかしなきゃ、とは思っている。スマホを弄って二時間、三時間と過ごしている間にも、陽の高いうちから眠りこけている間にも、焦りや罪悪感が消えた例しはない。誰に言っても信じてもらえないだろうが、本当なのだ。

息子の枕元には、鳩サブレーの缶が特別なプレゼントみたいに控えている。

翌朝、隼にトーストとゆで卵と牛乳の朝食を摂らせ、集団登校の集合場所まで送って行った。

「お父さん、きょうは何でついてくるの?」

家を出た途端、隼が大きな声で尋ねる。朝は、朋子を起こさないよう細心の注意を払わせているからだ。

「きのうのじいちゃんのこと、ちょっと教えてくれ」

「閻魔大王の?」

「そうそう」

「返しに行ったら、お父さん怒られない?」

心配そうに見上げてくる息子に良心が疼いたが、「大丈夫だ」と請け合って頭を撫でる。

「あのお札だけど、じいちゃんは、何て言ってくれたんだ?」

「肩揉んでくれたお駄賃だ、って。たんすの引き出し開けてさっと出してた」

年寄りのたんす預金ってやつか。単にボケてきてる可能性もあるけど、家政婦を雇ってるって話だし、旧札へそくってるんなら生活には困ってないはず、と恭一は予想する。あの家だって結構でかいし。

「きっと、あのたんすの中にお化けを封印してるんだよ。お札、まだいっぱいあったもん」

「いっぱいって、どんくらいだ」

「うーん……わかんないけど、いっぱい」

隼と手を振って別れてから、しばらくコンビニで雑誌を立ち読みして時間をつぶした。九時を過ぎると、昨夜からここと目星をつけていたたばこ店に向かう。『旧紙幣は店頭で普通に使えますが、コンビニの若い店員なんかは見たことがないだろうから、面倒かもしれませんね』というアドバイスをネットで見たので、ばあさんがひとりで回しているアナログな店を選んだ。ガラスの小窓を開け、いつ見ても置き物みたいに同じ姿勢で背中を丸めているばあさんに「ラッキー・ストライク」と声をかける。

「六百円」

「これで」

聖徳太子さまを差し出す指は、緊張でふるえそうだった。喉から頬にかけてやけに熱い。もしこれがよくできた偽札だったら、警察沙汰になって俺も引っ張られたりすんのかな。

ばあさんは札を一瞥し、「ん?」と顔をしかめる。心臓が一気に膨らむ。

「細かいの、ないの」

「うん」

「朝から万札……」

ぼやきながら手元の巾着袋を探り、千円札九枚と百円玉四枚を木のトレイに載せてよこした。「ありがとね」と愛想を言う自分の声が上ずって聞こえた。落ち着け、たかが一万円じゃねえか。煙草と釣り銭を、デニムの左右の尻ポケットに突っ込む。使ってしまった。そのうち偽札騒ぎが起こったとして、俺が作ったんじゃない、子どもがもらったものを知らずに使っただけで罪になるわけがない、と自分に言い聞かせる。そのままたばこ店の軒先で二本立て続けに吸ううちに、次の肚が決まってきた。例のじいさんのところに行かなくては。じいさんの気が変わるか、ひとり暮らしらしいが、別居家族の知るところとなって「返せ」という事態になるかもしれない。その前にこちらから動く。先手必勝。

ご挨拶に行くのなら、子どもが世話になったことだし、手土産のひとつも必要だ。近所のスーパーに行って進物用の菓子をあれこれ見繕ったが、これで二、三千円飛んでしまうのはあまりに惜しい。でも手ぶらってのもな——棚の前でしばし考え込み、そうだ、と突然閃いた。

まっすぐ帰宅すると、手指を入念に洗って歯を磨き、いつの間にか伸びていた爪を切り、煙草の臭いが残っていないかをチェックして、台所に立つ。戸棚から昆布と削り節を取り出し、鍋に水を入れて昆布を浸す。一時間ほど待ってから火にかける。最初は中火、程よく温まったら弱火にして沸かさないよう煮出し、昆布を引き上げてから煮立たせ、火を止め、削り節をわっさと入れて差し水、あく取り……久しぶりの作業だったが、身体は勝手に動いた。キッチンペーパーで鍋の中身を濾すと薄い金色に澄んだ一番出汁が取れた。何百回嗅いでもうっとりする上品な香り。なぜ自分は好き好んで煙草など吸うのか、この一瞬はふしぎに思う。

出汁に塩、薄口醤油を加え、味を決める。せっかく取った出汁の風味を殺さないよう、ごく少量でいい。隼の話からすると薄味好みのじいさんらしいので、恭一が思うベストより半歩手前の味付けにして、最後に日本酒を足した。小皿に取って味見すると、実にしみじみとうまい。滋味、とはこういうものだと思った。

隼が夏場使っていた魔法瓶にできたての澄まし汁を入れ、目的の家に向かうと、門柱には「佐竹」という表札がかかっていた。門扉はなく、平たい敷石が引き戸の玄関に続いているのが見える。大丈夫、落ち着け、いける。数回深呼吸をしてからインターホンを押し、しばらく待ったが応答がない。出かけてんのか？　頭の中で二十数え、もう一度押すと、今度はあっさり『はい』と聞こえてきた。無愛想な声音に若干怯みつつ、「突然すみません」と精いっぱい愛想よく切り出した。

「この近くの『こだまコーポ』に住んでます、卜部恭一といいます。きのう、うちの息子がお邪魔させていただいたみたいで……」

『ああ』

それがどうした、と言いたげなぶっきらぼうな口調だった。

「お礼と、お詫びのご挨拶にと伺ったんですが」

結構だ、と拒絶されればその時は引き下がるつもりだった。しかし、意外にも「開いてるよ」と返事があったので、魔法瓶片手にそろそろと敷地内に入った。

「こんにちは、失礼しまーす……」

施錠されていない引き戸を開けると、上がり框に老人が腰掛けていた。毛玉だらけのスウェットの上下に半纏を羽織り、両手で地面に突き立てるように杖を握っている。頭髪はほとんど残っていないが真っ白な眉毛だけやけにふさふさで、うまくいかないもんだねえとこっそり思った。

「あ、どうも」

「何か用か」

「きのう、うちの息子が」

「それはさっき聞いた」

どうやらそこそこ偏屈なじいさんらしい。そういや、隼も「最初怖かった」って言ってたな。恭一は笑顔を崩さないよう心がけ「いえ、その続きで、ヤクルトをご馳走になったり、えらく、あの、高価なものをいただいてきて……ちょっとびっくりしたんですが」

顔色を窺いつつ探りを入れても、佐竹は表情を変えなかった。

「お返ししなきゃって嫁と話し合ってて、うっかり目を離した隙に、息子がコンロで火遊びして万札を燃やしちゃったんです。すいません！」

腰を折り曲げ、大きな声で謝る。

「交換もしてもらえないほど燃えちゃって、お恥ずかしい話、うちには弁償する余裕もないので……あの、これ、ささやかですがお詫びのしるしに、澄まし汁です」

「はあ？」

頭を下げたままうやうやしく魔法瓶を差し出すと、初めて佐竹の口調が変わった。

「みそ汁がしょっぱい、と仰ってたと聞いたんで、差し入れを」

閃いた時はものすごい名案のような気がしていたが、今、若干冷静になると自分は相当うさんくさい。しかしもう来てしまったものは仕方がない。「いらん、帰れ」と追い払われるだろうと思ったのに、佐竹はまたも意外なことに、魔法瓶を受け取ってくれた。

「万札のことは構わん。百円くれてやろうと思ったら持ち合わせがなくて、半分冗談であれを見せたら、わけわかんねえ顔しててよ。そうだ、知らないやつから見りゃこんなもんただの紙切れだもんな、っておかしくなってそのままやったんだ。鼻かもうが鶴折ろうが好きにすりゃいい、俺がどうこう言う筋合いはねえ」

「ありがとうございます」

恭一は心の中でガッツポーズをした。これで九千四百円は名実ともに自分のものだ。

「わざわざ謝りに来るとは感心だな」とさらに「追い一万円」もらえるかも、という期待を込めて上目遣いに佐竹を見ると「ひとつ頼まれてくれねえか」と言われた。

「何ですか」

「弁当買って来てほしいんだ。『なごみ亭』の日替わり定食。米は少なめ」

指定されたのは、和食系ファミレスチェーンだった。ここからだと、歩いて二十分ほどかかる。

「毎日、散歩がてら買いに行ってるんだが、ゆうべ風呂場で転んで右足挫いちまってね。朝、すぐそこのコンビニのATMに行くだけでも難儀した」

それで、インターホンに出るまで時間がかかっていたのか。どうせ暇だし、お使いくらいしてやらないこともないが。

「デリバリーしてもらえばいいんじゃないですか。やり方わかんないんだったら代わりにしますよ」

「そんくらい知ってる。あそこは出前も自分とこのスタッフでやってるだろ、昼の忙しい時間帯に弁当一個で足運ばせるのは気の毒だ」

佐竹はスウェットのポケットから千円札を二枚取り出すと「ほれ、頼んだぞ」と恭一に差し出した。一瞬、二千円もらってこのままばっくれてやろうかなと思ったが、ご近所だし、魔法瓶を回収しないとまた朋子がキレる。恭一は言われるがまま弁当を買いに行った。道すがらに通りかかったコンビニや飲食店は、昼休み中の会社員、あるいは建設現場の作業員やタクシーの運転手で賑（にぎ）わっていた。みんな働いてんだよなあ、何事もなかったみたいに。何ひとつ「なかったこと」にはなっていないはずなのに、誰も彼もノーダメージに見えるのはどうしてだ。自分だけを置いて時計の針は回り、カレンダーはめくられていく。何やってんだろうという自責から逃れようとするように（できっこないのに）、恭一は目を伏せ、足を速めた。

佐竹の家に戻り、玄関先で「買ってきました」と声を張り上げると「上がってきな」と返ってきた。隼もお邪魔したであろう茶の間のこたつで、佐竹はテレビを見ている。いかん、と思いつつ、どうしても目は古ぼけたたんすに吸い寄せられた。あの中のどこかに、大勢の聖徳太子さまが。

「寒かっただろ。ちょっとあたってけ」

弁当をこたつの上に置くと、老人は若干やわらかい声で「助かったよ、ありがとう」と恭一を労（ねぎら）った。なるほど「しゃべってみたらそんなことなかった」か。また、隼の言葉を思い出す。

「澄まし汁、うまかった。ごちそうさん」

「え、もう飲んだんすか」

「ああ。弁当が届いたら一緒にいただこうと思ってたんだが、腹が減ってたせいもあって、ついね」

佐竹の前にある魔法瓶に手を伸ばすと、確かに軽かった。

「ちゃんとした昆布とかつお節で出汁取ったんだな。まぐろ節も入ってたか？」

「そうです」

恭一は、思わずこたつの天板に身を乗り出して答えていた。

「真昆布と、混合の削り節です。どっちも上等なやつなんです。わかってもらえて嬉しいです」

たまにはいいもん作って食わせてやるか、と半年ほど前に張り切って買ってきたものの、妻はレシートを見て「たっか！」と激怒し、息子は「ハッピーセットのほうがいい」とつれない反応だったから、やる気が失せてそのまま戸棚に封印していた。

「あんたが作ったのか」

「あ、はい。一応、調理師免許持ってるんで。佐竹さん、実は食通なんですか」

「この歳になると食うしか楽しみがないから卑しくなっちまっただけだよ」

佐竹は弁当をきれいに平らげると、「トイレ」と右足を庇いながら立ち上がる。

「ついていきましょうか？」

「平気だ」

茶の間にひとり残された恭一はそうっとたんすに近づき、六段ある引き出しを上から開けてみた。一段目、服やら下着がそれなりに整然と詰め込まれている。二段目、薬箱や古い年賀状の束、家電の保証書。そして三段目の取手に指をかけて引っ張った瞬間、息を呑んだ。聖徳太子の一万円札だ。それも、帯つきの状態で隠しもせず、五束、六束……もっとある。隼が言ったとおりだった。恭一の現実からはかけ離れた光景に、動悸で鼓膜がふるえていた。すげえ。ごみ処理場で札束を見つけた作業員もこんな気持ちだったのだろうか。これをがさっと抱えて逃亡してえな、と思ったが、さすがに前科がつくのは怖い。ちょっとお裾分けがもらえないだろうか、と期待しているだけで。

恭一は興奮を抑えて再びこたつに収まり、佐竹が戻ってくると「じゃあ、このへんで失礼します」と何食わぬ（つもりの）顔で腰を浮かせた。

「魔法瓶、まだ洗ってねえぞ」

「ああ、いいですいいです、帰ってからやりますんで」

「そうか。悪いな――ああ、ちょっと待て」

「はい？」

来た。だらしなく緩みそうになる口元を必死で引き締めていると、佐竹はまたポケットを探り「駄賃だ、取っとけ」と千円札を二枚差し出した。

「え、あ、ああ、はい、じゃあ、お言葉に甘えて、すんません」

何で隼が一万円で俺が二千円なんだよ、いや、もらえるだけラッキーだ。相反する思いが胸中でせめぎ合い、口ごもる。

「でな、もし暇なら頼まれてくれねえか。また、弁当買ってきてほしいんだよ。それと、きょうみたいにちょっとした一品作ってきてくれたら、二千円払う。何でもいいんだ」

バイトとしては悪くないように思えた。しかし、まだ値段交渉の余地はあるか？　佐竹の顔色を探ろうとすると、見透かしたように「いやならいいんだ」と言われ、恭一は慌てて「やります」と手を挙げた。何でもいいっつうんだから、家の残り物でささっとこしらえりゃいい。五日続けたらまた一万円だ。

「そうか、じゃああしたも同じくらいの時間に来てくれ」

「わかりました」

家に帰って魔法瓶を開けると、中身は一滴も残っていなかった。あの老人が余さず飲んだのだと思うと、気分がよかった。使った昆布と削り節で二番出汁を取り、刻んだ出汁がらと一緒に炊き込みご飯にすると、隼も朋子も喜んで食べた。

その晩、寝しなにツイッターを開くと、「相続人なき遺産の行方は？」という見出しのニュースが目に飛び込んできた。独居老人が増え、遺言書も用意していなかったため、国庫に召し上げられる遺産が年々増えている、という内容で、恭一の瞳孔を開かせたのは「特別縁故者」という単語だった。肉親でなくとも、身の回りの世話をしていれば財産分与の対象として認められるケースがあるらしい。俺じゃん、と思った。このまま佐竹のもとに通っていれば、あの聖徳太子の大掛かりなおこぼれがいただけるかもしれない。もし気に入られれば、遺言書のいちばん最後にでも名前を書いてもらえる可能性だってゼロじゃない。甚だ不確かな希望ではあるが、宝くじなんかよりよっぽど確率はいいだろう。俄然やる気が出てきた。特別縁故者に、俺はなる。

　それ以来、恭一は佐竹の家に通うようになった。家政婦が来る日は避け、週に三、四日、ほうれん草のおひたしだのきんぴらごぼうだのを携え、日替わり弁当を調達しに行く。佐竹は恭一のおかずを褒める日もあれば「ちょっと火を通しすぎたな、歯応えが物足りない」「醤油の分量に迷っただろ、味がぼんやりしてる」などと駄目を出す日もあり、指摘はいつも的確でふしぎと腹は立たなかった。ただ、これだけ鋭い舌を持ちながら、毎日チェーン店の弁当など食べたがるのが腑に落ちない。「なごみ亭」には恭一も行ったことがあるが、可もなく不可もなくの平々凡々な味だった。一度、本人に訊いてみると「安心するんだよ」という答えだった。

「お前の言うとおり、絶品ってわけじゃねえよ。七十点ってとこだろう。いつも七十点、それがいいんだ。おとといは九十点でも、きのうは五十点じゃ客はつかない。毎日七十点の味出すのは、マニュアルがあったって楽じゃないだろ」

「そういうもんですかねえ」

恭一自身、体調やその日の天気で微妙に味覚が変わり「いつもの味」が揺らぐことはあった。でも素直に認めるのは何だか悔しかったので首をひねると、佐竹は駄々っ子でも見るような苦笑を漏らした。

日当の二千円は、数日に一回煙草を買うほかはほとんど使わず封筒に入れ、下着の入ったチェストの底にしまった。そういえば俺、物欲ってそんなにないんだった。懐に若干の余裕が出てきた途端、夢から覚めたように気づいた。手持ちの金がない時は、あんなに酒やパチンコが恋しかったのに、今は「別にいいや」と思える。「やりたくてもできない」という不満が、いつの間にか「やりたいのにできない」という渇望にすり替わっていたのだろう。それよりも、さっとゆがいた野菜を引き上げるタイミングや、ひとつまみの塩を加えるかどうかを見極めている時間が楽しかった。もう取り戻せないだろうと思っていた、懐かしい感覚だった。

大晦日の夕方、朋子と喧嘩になった。「宅配の伝票とか捨てる時は、細かく切り刻むか住所隠すスタンプ押してよ」という些細な注意を発端に「そんなもんお前がすりゃいいだろ」「暇なほうがやるのは当たり前でしょ」「俺は別に気にしない」「個人情報だよ？　お気持ちの問題じゃないんですけど」という口論に発展し、止まらなくなってしまった。互いの虫の居所とタイミング、それから隼が朋子の実家に泊まりに行っていて、精神的なストッパーが不在だったせいもあるだろう。

「家庭内ニートのあんたと違って、わたしは働いてんの！　きょうだってお腹痛いのに、これから日付変わるまでシフトに入ってんだよ？」

　しまいには涙目で怒鳴り、荒々しく化粧をして出て行った。恭一は畳の上で大の字になり「くそ」と独りごちる。クリスマスは結構いい感じだったのに。朋子がバイトしているコンビニで安く買ったチキンとケーキを食べ、息子にサンタからのプレゼントも準備した。「望遠鏡の、両目で見るやつ」というリクエストだったので、安物のちっちゃな双眼鏡を買って枕元に置いた。隼は喜々として鳩サブレー缶にしまい、暇さえあれば取り出して覗いている。「お母さんの顔もよく見えるよ」という言葉に「毛穴見えちゃうからやめて」と笑っていた妻は、般若の形相で出て行った。

　スマホを見ても気分は晴れず、チェストのへそくりを持って出かけることにした。ひとりで家にいるから情けなくなってくるのだ、開いている飲み屋に飛び込んで熱燗でも飲って憂さを晴らそう。いつもより静かな駅前で店を物色したが、赤提灯や看板の向こうから聞こえてくる笑い声になぜか気後れして入れない。かといってこのまま帰ったのでは、何をしに出かけたのかわからない。うろうろした挙句、恭一が誘われるように足を踏み入れたのは、年の瀬の駆け込み客で混み合うスーパーだった。正月用の鏡餅やオードブルが所狭しと並ぶ店内で、人参(にんじん)や芹(せり)、鶏肉(とりにく)などをかごに放り込んでいく。干し椎茸(しいたけ)と大根はまだあるから……あ、柚子(ゆず)がいるな。それから、ちょっといい日本酒……四合瓶でいいか。

　静まり返った家に帰り、台所に立った。具材を切り、出汁を取り、具材を入れ、味をつける。何ら特別なところのない手順を淡々と進めているうちに心が凪(な)いでくる。でき上がると、魔法瓶に流し込んでまた出かけた。

　呼ばれていないのに、佐竹のところに行くのは初めてだった。きのう行った時「次は年明けの四日に頼む」と言われていた。しかも夜というダブルのイレギュラーに逡巡はあったが、いやがられたら帰りゃいいんだよ、と自分に言い聞かせる。家には明かりがついていた。インターホンを鳴らし「こんばんは」と言うと、あっさり「開いてるよ」と招き入れられた。

「夜も鍵開けっぱとか、不用心っしょ」

「そろそろ閉めるところだったんだよ」

「ていうか昼も閉めましょうよ、田舎の家じゃないんだから」

「うるせえな、何の用だよ」

「雑煮、作ってきたんです。食いませんか。あと酒も」

「お前、そりゃ――」

佐竹は軽く目を瞠り、「いいな」と頷いた。相変わらず殺風景な茶の間に正月らしい華やぎは皆無で、テレビの中の紅白歌合戦が却って侘しさに拍車をかけている。恭一の家だって大差ないはずなのに、老人がここで孤独に年を越そうとしていたのだと思うと妙にせつなかった。佐竹が出してきた椀に雑煮を注ぎ、ラップに包んできた柚子の皮をあしらうと柑橘の爽やかな香りが漂った。

「おい、餅は」

「喉に詰まらせて死んだら怖いんで」

「詰まらせるかよ。俺はまだ七十五だぞ」

「いや、詰まらせ適齢期とか知りませんし……」

後期高齢者なのだから、十分ハイリスクだろう。佐竹は「餅のない雑煮なんて……」と言いつつ、ひと口啜って満足げに目を細めていた。その表情に安堵しかけ、そうだ俺、遺産欲しいんだった、と思い出す。むしろ、餅買ってくるべきだったか？　でも一カ月足らずの実績じゃ無理か。

「佐竹さん、誰か遊びにくる人いないんすか。正月でしょ」

「ひとりぼっちのじじいにデリカシーのないこと訊くもんじゃねえよ。こっちは天涯孤独の身の上だ。お前こそ、あのぼうずはどうした」

「二年ぶりに嫁の実家に遊びに行ってます」

「じゃあ、お前だけ留守番で寂しくなったわけか」

「いや、嫁もこっちいるんすよ。今は仕事です」

「大晦日の夜に？」

「年中無休のコールセンターなんで」

「大変だな」

思いがけず親身な口ぶりでつぶやき、しかし夫の恭一が他人の家のこたつで日本酒を舐めていることは咎めなかった。恭一はお猪口をぐっと持ち上げて酒を呷り、かっと火照った喉から「喧嘩しちゃったんですよね」とこぼす。

「何でだ」

「まあ、きっかけはどうでもいいようなことで、根っこは俺が働いてないことですね。嫁はコンビニとコルセン掛け持ちして働いてんのに」

「嫁さん、怒って当たり前じゃねえか」

「ですよね」

言われなくとも、わかっている。酒を手酌で注ぎ、なみなみと満たしたお猪口のふちに唇を突き出す。

「働けねえ事情でもあるのか」

「ご時世ってやつですよ。調理師専門学校出てからずーっと勤めてた店で人員整理食らって。人並みにできることなんて料理しかねえから何とか次を探すじゃないですか、そしたらまた緊急事態宣言だのまん防だのって切られることが続いて……店も、なるべく古株を残そうとするから悪循環すよ。それでもう、いやになりました」

「でも、ここ最近はずいぶん落ち着いてきただろ。もう時短しろってやいやい言われることもないから、腰据えて働けるとこが見つかると思うがね」

「どうでしょうねー」

ふざけた口調で返し、また一気に酒を飲み干すと、こたつの天板に頬を押しつけて沈没する。

「おい、寝るな」

「寝てないです……俺は、最初の店がほんとに好きだったんすよ」

料亭、と言うほどではないが、普段使いよりは背伸びした割烹(かっぽう)店で、半人前の恭一に現場のイロハを叩き込み、鍛え上げてくれたところだった。朋子と出会ったのも店のカウンター越しにだったし、恭一を育ててくれた店の主人を「親父」と呼んで慕(した)うようにもなった。不仲な両親の下で、剝(む)き出しの不和を浴びるようにして育った恭一にとって親父は特別な存在だった。店のため、親父のため仕事に打ち込むのはすこしも苦ではなかった。それなのに。

「親父の甥っ子が入ってきて……よそで修業してきたって言うけど、正直、大したもんじゃなかった。料理の腕だって、盛り付けだって、俺のほうが上だと思ってた。誰もいない時間に、厨房で煙草吸って流しに灰を落とすのを見たこともあった。ぶん殴りたかったけど、我慢した。チクらなかった」

　こんなやつに負けるはずがない、親父はわかってくれてる、そう信じていた。「恭一、すまん、わかってくれ」と頭を下げられた、あの日までは。

――お前の腕なら、どこでも立派にやっていけるだろう。でも、あいつは……。

　何だよそれ。「あの人には私がいないと駄目だから」って捨てられる男かよ、俺は。

「縁故って、やな言葉っすよねえ、俺、大っ嫌い。縁ゆえに、だって。むかつく。要はコネってことでしょ。あいつは親父と血が繋がってたから切られなかった。俺は、どんなにかわいがられてようが所詮赤の他人。当たり前ですよね」

　その当たり前を理解せず、親父の後継は俺しかいないと信じていた自分の能天気さを、憎んだ。親父よりも、あいつよりも。煙草の件を話さなかったのは、それでも親父が血縁を選んだら、みじめさに耐えられないと思ったから。

「やってらんないすよ、まじで」

　そうかそうか、大変だったな、これ、取っとけ、と帯付きの札束を――軽い酩酊の中で都合のいい妄想も浮かんだが、現実には「それでいじけてんのかよ」というため息だけが降ってきた。

「ガキだな」

「は？」

むくりと上体を起こし、何か言い返してやろうと佐竹に向き直ったが、見たこともない鋭い眼光に怯んだ。

「かわいがってくれたのにクビにしやがって、っていう発想がそもそも恩知らずだよ。かわいがってきたのに、泣く泣くクビにせざるを得なかったんだ。言い渡すほうだって、そりゃきついもんだぞ。お前にも息子がいるんだから、その大将の気持ちはわかるだろうが。嫁さんも、お前の悔しさ酌んで大黒柱引き受けてくれてんだろ。それこそ、縁ゆえに、だよ。縁あって夫婦になったから、頑張って支えてんだ。いつまでも甘ったれてたら本当の縁故に見放されるぞ」

いちいちごもっともで、腹が立った。でも、本当はこうやって、誰かに叱ってほしかったような気もした。恭一が黙りこくっていると、佐竹は茶の間の隅っこに置いてある段ボールからみかんを次々取り出し、恭一に投げて寄越した。

「何すか」

「ふるさと納税でもらったんだよ。食い切れねえから持って帰って嫁さんと食え。正月は雑煮とみかんに限る」

「……みかんごときじゃ機嫌直んないすよ」

「知らねえよ。そんなのは旦那の役目だろ」

それよりお年玉でもくれよ。ひんやりしたみかんを両手に抱え、恭一は「こんなにいらねえって」と笑った。

「なあ、」

佐竹が何か言いかけたタイミングで、恭一のスマホが鳴った。発信者は、妻。

「あ、ちょっといいすか、すんません」

「ああ」

仕事中に電話をかけてきたことなど今までなかった。冷静になって「言いすぎた、ごめん」ルートか、それとも冷静になったがために「もう無理、別れて」なのか。やべえ、後者の予感がする。廊下に出て怖気（おじけ）づいている間にも着信は鳴り止（や）まない。いったん諦めろって。

「おい、何してんだ。うるせえから出るなら早く出ろよ」

「はい、はい、出ます」

佐竹に急かされ、やけ気味に通話アイコンをタップした。

「……もしもし？」

『恭ちゃん？　ごめん』

朋子の声はひどく弱々しかった。ただならぬものを感じ「どうした」と声をひそめて尋ねる。

『今ね、病院にいるの。お腹痛すぎて会社で倒れちゃって、救急車呼んでもらって』

想定したどちらでもなかった。つま先からすっとつめたくなる。

「なんで」

『たぶん、子宮筋腫だと思う。最近貧血と生理痛ひどかったし。筋腫があるのは前からわかってたの。そんなに大きくないからようす見ましょうって言われてて、でもここ数年検診に行けてなかったから、その間に育っちゃったのかも』

「そっか……でも、治るんだろ？」

『手術して取ればね。ただ、年末だし、すぐ検査して手術ってわけにいかないから、ちょっと時間かかりそう。とりあえず会社の人が付き添ってくれて、パジャマとか替えの下着も差し入れてくれたのね。あした、いろいろ届けに来てくれる？　売店もお正月休みだから身動き取れなくて』

「わかった」

『ごめんね、こんな時に。必要なものと病院の名前、ＬＩＮＥするから。隼は、始業式まで実家で預かってもらえるよう頼んどくし』

「うん」

『ごめんね』

「いや、お前のせいじゃねえだろ。とりあえず今はゆっくり休めよ」

『違うの……』

朋子はか細くしゃくり上げ始めた。

「おい、朋子、何があった」

『借金が、あるの』

冷えた血液が一瞬で砂に変わり、ざざっと崩れ落ちていく気がした。めまいがしてくる。

『隼が小学校に上がるタイミングで、いろいろ臨時の出費が重なって……親にも借りてたからもう迷惑かけられないし、二十万キャッシングしたの。すぐ返すつもりだったのに、返済が追いつかなくて、どんどん増えてっちゃって、今、百五十万』

「そんなもん、しゃあねえよ」

元凶としては、そう言うほかなかった。

『それで、ここ二カ月は家賃も滞納してて、管理会社に催促（さいそく）されてる。退去しろって言われるかもしれない。怖くて恭ちゃんに話せなかったの、ごめんなさい……働かなきゃいけないのに……わたし、医療保険にも入ってないから、入院代だってかかるだろうし――』

「大丈夫だよ、何とかなるって」

朋子の言葉を途中で遮ったのは、何とかする自信があるからではなく、それ以上聞くのが怖かったからだ。

『でも』

「くよくよしたところでどうにもなんねえよ、今は身体休めることだけ考えてろ。いいな？　あした、そっち行くから。じゃあな」

通話を切る。手も足もふるえ出しそうだった。借金という重圧と、今まで妻ひとりに背負わせてのうのうと過ごしてきた自分への情けなさで。ここ最近、明らかに顔色が悪かったのも、尋常じゃない頻度で夜用のナプキンを買っていたのも、しょっちゅうため息をついていたのも、見て見ぬふりをした。言葉にすれば、不運や不幸が確定してしまう気がした。朋子を病院送りにしたのは、俺だ。

恭一は襖を開け、佐竹の前に倒れ込むようにひれ伏した。

「何だ、おい」

「金、貸してください」

「は？」

「嫁が病気で入院したって電話だったんです。金がいるんです」

「馬鹿言うな」

佐竹は一蹴した。

「んなもん、お前が働けって話だよ。何で俺に借金申し込む発想になる？」

「もちろん働きます、でも息子の面倒も見なきゃいけないし、家賃も溜めてて、借金も……。早急にまとまった金が必要なんです。お願いします、必ず返しますから」

こたつの下に敷いたラグが発火しそうなほど額を擦りつけ、懇願した。佐竹はうんともすんとも言わない。沈黙が続き、恐る恐る視線を上げると、腕組みした老人の眼差しからは何の感情も窺えなかった。

「あの……」

「断る。ない袖は振れねえよ。うちにだって余分な金はねえ」

それは、でも、だって。恭一がわずかに目を泳がせると「貯め込んでやがるくせに、って思ったか？」と冷えた刃物のような問いが振り下ろされる。

「初めてうちに来た時、家捜ししてただろ？　わかってんだよ。お前みたいな浅ましいやつ、こっちは腐るほど見てきたんだ。小狡い目しやがって。それでも根っから性悪でもなさそうだからと思って情けかけてやりゃあすぐ増長する。恥を知れ。ひょっとしてあれか、お前、あの家政婦とぐるか？」

「え？」

何の話だ？　訊き返す間もなく、みかんを投げつけられた。

「残念だったな、金ならとっくに別の場所に移したよ。とっとと出て行け」

「いやちょっと待ってくれ、家政婦ってどういう」

「うるせえ、いつまでも居座ってたら警察呼ぶぞ！」

二投目の構えを見せられ、恭一はダウンを小脇に抱えて逃げ出すほかなかった。スニーカーの踵(かかと)を踏んだまま外に転がり出て、振り返ると、すりガラス越しに佐竹が施錠するのがわかった。かしゃん、とちゃちな音が響く。そういえば、とっくに捻挫治ってんじゃねえか。何だよ、そんなにキレることないだろう。確かにあんたの言うとおり、俺は下衆な目的で取り入ろうとした。浅ましいよ。小狡いよ。けど、あんたに料理褒められて嬉しかったのは嘘じゃないよ。あんたがきょうもひとりなのかと思ったら、ちょっと気の毒になったのも嘘じゃないよ。本当なんだよ。

特別じゃなくても、それって、縁だろ。

思い出せる限り、人生最悪の大晦日だった。両親が喧嘩をおっ始めて行く当てもなく電柱の脇にしゃがみ込んでいた大晦日より。好きな女の子を初詣に誘って振られた大晦日より。前の店が「大変な状況ですが、温かいお客さまと頼もしいスタッフに支えられています」と笑顔の集合写真をSNSに上げているのを目にした大晦日より。胸くその悪い記憶をまさぐりながら歩いていると、十字路で一時停止を無視したSUVが突っ込んできて危うく撥(は)ねられそうになる。何やってんだボケ、と思わず毒づく恭一の前を車はゆっくり通り過ぎ、馬鹿にされたように感じた。馬鹿だけどさ。馬鹿にされて当たり前だけどさ。今、ここに朋子がいたら「撥ねられなくてよかったじゃん」と言ってくれただろう。「いやなことがあった時は、厄を落としたと思えばいいんだよ」が口癖だった。明るい妻を、自分が追い詰めた。誰もいない自宅の暗い窓を見上げ、恭一は人生でいちばん途方に暮れていた。

こんな時なのに、ぐっすり眠れてしまった自分がつくづく情けない。ひとりきりの新年を迎え、年中無休のスーパーで朋子から指示された入院グッズをあれこれ買い揃えた。迎春のディスプレイも、店内に流れる雅なＢＧＭも、何もかもが神経を逆撫でしてくる。病院に行ったものの面会制限とかで対面はできず、ナースステーションに荷物を預けてすぐに退散した。朋子のＬＩＮＥによると体調は落ち着いたらしく『お正月だから、ちょっといい病院食が出てきた』と画像付きで報告があった。恭一の「大丈夫」を真に受けたわけもないだろうが、すこし元気が出てきたようでほっとする。病院の裏手にある喫煙スペースで煙草を吸っていると、スマホが鳴った。知らない番号だ。まさか、一月一日からもう家賃の催促か？

「……もしもし」

『あ、恭一くん？　明けましておめでとうございます』

恐る恐る出ると、電話の向こうから聞こえてきたのは義父の声だった。胸を撫で下ろす。

「明けましておめでとうございます」

今年もよろしくお願いします、いやこちらこそ、と賀詞だけは正月らしく交わし、電話越しにぺこぺこ頭を下げてから妻の件を切り出した。

「あの、朋子さんのことって聞いてますか?」

『うん、きのう電話があって——隼ちゃん、じいじ、今大事なお話をしてるからちょっと待っててね』

『お父さんとしゃべってるの?』

隼の無邪気な声が割り込んでくる。最悪の状況だからか、子どもの声ってこんなにかわいかったっけ、と胸にくるものがあった。

『うん、ほら、アマプラで「SPY×FAMILY」見てなさい……朋子、入院だって?』

「はい」

『今のところそんな大病ではなさそうなんだろう?』

「まだ検査できてないんで、詳しいことはわかんないんですけど」

『まあ外野が気を揉んでも仕方ないからな、結果を待とう』

「そうですね」

息子をもうしばらくそっちでよろしくお願いします、そう言おうとした時だった。

『でね、隼ちゃんのことなんだが』

義父は急に声をひそめる。

『きのう、朋子から冬休みが終わるまで預かってくれと頼まれて、もちろんこっちもそのつもりだったんだけど、ちょっと事情が変わってしまって』

「はい？」

『けさ、うちの母さんと一緒に遊んでいた時に、母さんがぎっくり腰やっちゃってね。実は今も呻（うめ）いてる』

「え、大丈夫なんですか」

『初めてじゃないから、だいたいの勝手はわかってるよ。とはいえ、しばらく日常生活に支障が出そうで、申し訳ないが隼ちゃんの面倒はとても見られそうにないんだ。僕も正月明けたら仕事があるし』

「そう、ですか」

半ば呆然と応えた。

『いや、本当にすまない。隼ちゃん、スパイのアニメが好きだろう？　それで、家の中でスパイごっこをしてるうちに年甲斐（としがい）もなくはしゃぎすぎたみたいで』

原因が息子とあれば恨み言もこぼせない。最悪の大晦日の翌日は最悪の元日だ。いつの間にか指を焦がしそうになっていた煙草を慌てて捨てると、その足で駅に向かい、電車で一時間ほどの義実家まで隼を迎えに行った。まだ祖父母と遊び足りない隼はごね、電車の中ではお年玉をせがみ、家に着くと「お母さんに会いたい」と繰り返した。家庭内のただならぬ空気を察して不安定になっているのだろう、と頭では理解できるのだが、いかんせん心の余裕がなさすぎた。

「うるさい！」

苛立ちのまま怒鳴りつけると、隼はリビングの床に俯せてしくしく泣き始めた。それでもやさしい言葉をかけてやる気になれず、隣の部屋でネットの求人情報をチェックする。ちっとも頭に入ってこなかった。朋子がいたら、すぐにフォローを入れてくれるのに。やがて息子が泣き疲れて寝入ってしまうと、そのまま布団に運んだ。悪いが、今は眠っていてくれるほうがありがたい。

三が日が明けたら、まず管理会社に泣きついてどうにか猶予をもらう。キャッシングの債務状況を把握する。あとは朋子の病状と、入院治療費の見込みを訊かなきゃ。ひとつも心浮き立たないスケジュールを頭の中で列挙し、料理がしたい、と心底思った。何も考えず、ひたすら手を動かしたい。切り、刻み、剝き、砕き、焼き、炒め、煮て、揚げたい。野菜の色鮮やかさに見とれ、米が炊ける音に耳を澄まし、肉や魚に火が通る匂いに喉を鳴らしたい。がむしゃらに厨房で立ち働きたい。恋焦がれるように強く思った。

「お父さん」

ちいさな手に揺り起こされて目を覚ます。部屋の中も外も真っ暗だった。あれ、俺、カーテン閉めなかったっけ？

「ん……何だ、おねしょでもしたんか」

「違うよ！」

息子は双眼鏡を手に、窓の外を指差す。

「起きちゃったから、見張りしてたの」

中途半端な時間に寝かせたせいか覚醒してしまったらしい。スマホを手に取ると午前一時過ぎで、恭一はため息をつき「夜中までスパイごっこすんな」とたしなめた。下手すりゃ通報案件だよ。

「スパイは夜活躍してるもん」

「うんうん、わかったから寝ような」

「だって僕、悪者を発見したんだよ」

怪しいのはお前だよ。

「双眼鏡は昼間だけにしとけって。ほら、身体冷えてるじゃねーか」

隼の肩を抱き、寝床に連れ戻そうとすると「ほんとだよ！」といやがってもがいた。

「見たんだもん！　あのおじいちゃんちに悪者が入っていった！」

「え？」

四階の窓からは、佐竹の家が見下ろせる。門の前に車が停まっているのがわかった。門柱のあたりは真っ暗だが、付近の街灯でうっすら視認できる。黒い車だ。恭一の脳裏に、きのうのSUVがよぎった。それから、連続強盗事件のニュース。じいさん。家政婦がどうの、わけわかんねえこと怒鳴ってたよな。近所をのろのろ走ってたのって、下見だったりして——いや、考えすぎだよ。そんな、うちの目と鼻の先で事件なんて。窓を開け、桟に両手をついて上体を乗り出す。カーテンが閉め切られていて室内のようすはわからない。

「隼、双眼鏡貸してくれ」

「うん」

レンズの力を借りても、家の周辺に人影らしきものは見当たらなかった。

「ねえ、僕にも見せて」

「隼、確かに、あそこに人が入っていくのを見たんだな？」

「うん、三人くらい、ささっと忍び込んでた」

七歳児の言い分をどの程度信用していいのかわからない。ただ、このまま無視して万一のことがあったら、寝覚めが悪すぎる。恭一は窓とカーテンを閉めると寝巻きにダウンを羽織り、鍵とスマホだけポケットに入れた。

「すぐ戻ってくるから、絶対に家から出るなよ。窓の外も、見るな」

「やだ、僕も行く」

「隼」

両手で息子の肩を摑み、言い聞かせた。

「これは重要な任務だ。お前には、ここでの待機を命じる。いいな？　隼にしか頼めないんだ」

「ミッション？」

「そうだ」

まっすぐ目を見て答えると、隼は渋々頷いてくれた。

「わかった。でも、すぐ戻ってきてね」

「ああ」

スニーカーを突っかけて佐竹の家に向かう。ぐるっと遠回りして、車の後方から中腰で近づくとエンジンがかかったままだった。車内に見張り兼運転手が残っているかもしれない。恭一はいったん距離を取り、物陰から一一〇番通報した。車のほかに異変らしい異変はなく、物音や悲鳴も聞こえてこない。あの茶の間が犯罪者に踏み荒らされ、佐竹が痛めつけられているかもしれないなんて、考えたくもない。でも、一連の強盗事件で殺されてしまった被害者もいると読んだし、「金は移した」という佐竹の言葉が本当なら、当てが外れた強盗の怒りを買っている可能性もある。じいさん、ただでさえ態度でかいし……おい、まだかよ、警察。悪い想像に気を揉む。

そうだ、こんな時「火事だ」って叫ぶといいんだっけ。大きく息を吸い込み、ためらった。救急医療崩壊だと盛んに言われているこの時期に、消防車や救急車を誤出動させてしまったらまずいのではないか。でも人命がかかってるし……でも結局事件性がなかったら……ああもう、何で俺はこんな時までうじうじ考えちまうんだよ。とにかく、大声で何か言やいいんだ。焦燥のさなか、ふと自宅の窓に目を留めると、あんなに言ったのに、カーテンの陰から隼が覗いている。目が合った気がした。ええい、やってやんよ。

恭一は道路に飛び出し、力いっぱい叫んだ。

「佐竹さーん！　魔法瓶、返してくださーい!!」

一度声を張り上げると、自分の真ん中にすっと芯(しん)が通った気がして、肝が据わった。

「新しく買う金もねえから、息子の魔法瓶、返してくださーい！　皆さん、ここの家のじじいが、魔法瓶借りパクしてまーす！」

誰か、起きろ。明かりをつけて外を見ろ。出てこい。ぞろぞろ出てこい。何事もなければ、自分が怒られるだけですむ。

「ちゅうもーく!!」

吠(ほ)えるように叫ぶのと同時に、ＳＵＶのドアが開いた。中から出てきた男が恭一に突進してきて、逃げる暇もなかった。左のこめかみに衝撃が走り、白い星が火花のように瞬いた。なぜか痛みはなく、自分の身体が倒れていくのをスローモーションで感じ、殴られた、と思った。そんだけ元気で健康なら、ちゃんと働けよなあ。俺も、人のこと言えないけど。地面に近づくにつれ、意識が遠のいていく。


「お父さん、リュウくんと公園で遊んでくる」

「洗濯物干すとこだから、ちょっと待ってろ」

「もう、リュウくん下に来てるから行ってきます。リュウくんのお兄ちゃんも一緒だから大丈夫だよ」

「公園以外に行くなよ」

「うん」

「あと、あしたは学校から帰ってきたらすぐお母さん迎えに行くんだからな、遊ぶ約束すんなよ」

「わかってるよ。お母さん退院したら、マック寄る?」

「お父さんがちらしずし作ってやるから、マックはまた今度な」

「えー」

相変わらず張り合いのない息子を送り出し、洗濯機から衣類を引っ張り出す。洗面所の鏡に映った顔は、左目の周りが青い。パンダみたいに真っ黒だった頃と比べればだいぶましになったが、まだまだ目立つご面相に嘆息した。せめてマスクで隠れるとこ狙ってくれりゃいいのに、これじゃ面接にも行けねえよ。

あの晩、見事に一発KOされ、気づいたら病院のベッドの上で、傍らでは息子が泣きじゃくっていた。佐竹の家に押し入った強盗犯が逃走したのと入れ違いにパトカーが到着し、地面に伸びた恭一と、裸足(はだし)で飛び出してきた隼を保護してくれたらしい。通報の際に車種とナンバーを伝えていたこともあり、犯人たちはすぐに逮捕された。佐竹は結束バンドで縛られた状態で見つかり、軽傷を負ったものの命に別状はないということだった。朝になって家に帰され、くっついて離れようとしない息子と一緒に布団に入った途端、痛み止めの作用もあってか急激に眠くなり、ふたりで熟睡した。

夕方、インターホンの音で恭一だけが起こされた。訪問者は、スーツを着た五十代くらいの女だった。

――突然すみません。佐竹さんの顧問弁護士をしております。佐竹さんからこちらにお住まいだと伺ったもので。

寝起き丸出しの風体を気にするようすもなく、名刺を差し出す。

――この度は、本当にありがとうございました。卜部さんが大声を出してくださらなければ、佐竹さんは殺されていたかもしれません。どうやら、通いの家政婦がたちの悪い男とつながっていて、ひとりで暮らす高齢者の情報を半グレの集団なんかに流していたようです。

——佐竹さん、元気にしてるんすか。

——ええ。外傷は大したことないそうです。ただ、微熱が出て、ＰＣＲ検査をしたところ陽性でしたので、入院ということになりました。なので、私もまだ電話でしか話せていないんですが、お声を聞く限りではぴんぴんしてらっしゃいますね。

——そっか。

よかったです、と恭一が言うと、弁護士はほほ笑んだ。

——私がきょうお伺いした用件ですが、佐竹さんから伝言など預っておりまして。

——はあ。

——まず、こちらのお宅の家賃ですね。管理会社には話を通しておくとのことです。月に一万円でも、とにかく継続して払う意思を見せていただければ事情を酌む、と。借入金に関しましては、私が返済のご相談に乗ります。必要とあらば別の弁護士を紹介することも可能ですし、その際の費用はいただきません。入院中の配偶者さまについては、一度病院のソーシャルワーカーに相談してみてください。高額療養費制度もありますし、その上でもし解決できない問題があれば、また私のほうにご連絡ください。

すらすらと語られた内容を、すぐには飲み込めなかった。

――え、あの……佐竹さんて、何者ですか？

――ご存じなかったんですか？

――金持ちっぽいとは思ってました。

――「こだまコーポ」を含む、このへん一帯の地主さんです。そして「なごみ亭」という飲食チェーンの前社長でもあります。

予想以上のスケールに、ぽかんと口が開いた。

――よくある話ですが、社内の権力闘争に嫌気が差して五年前に引退し、以来、人を寄せつけずに暮らしておられました。

――よくある話なんすね。

――それなりに。

――あの、佐竹さん、退院したら戻ってきますか。

――いいえ。

弁護士は静かに首を振った。

――さすがに、こんな事件に巻き込まれてしまうと……。それに、佐竹さんには娘さんがいらっしゃいます。

――え、天涯孤独って言ってましたけど。

――これもよくある話ですが、結婚相手の男性をお気に召さず、勘当を言い渡して、ずっと絶縁状態だったんです。もちろん私どものほうでは状況を把握しておりましたので、今回コンタクトを取ったところ、ずいぶん心配されて、お子さんと一緒に会いに行きたいとのことでした。なので、もしかすると娘さんご一家と暮らすことになるかもしれません。いずれにしても、あの家はもう処分するでしょう。

——そうすか……。

心残りではあるが、それ以上にほっとしていた。佐竹にも、ちゃんとした縁が繋がっている。災難をきっかけに再び血縁の糸を手繰り寄せられたのなら、めでたいことだと思う。

——それから、最後に。

弁護士がトートバッグに手を突っ込んだ瞬間、どきりとした。もしかして……と性懲りもなく下心が顔を出す。

——こちらを、お返ししておくようにと。

差し出されたのは、魔法瓶だった。

——ごちそうさん、だそうです。

妙に清々しい落胆が込み上げてくる。何だよ、期待させやがって。俺は一応命の恩人だろ、金一封くれたっていいんじゃねえの。家賃だって、チャラにしてやるとは言われてないし、厳しいじいさんだな。

恭一は魔法瓶を受け取ると「こちらこそ、ありがとうございました」と深く頭を下げた。

寒い寒いとぼやきながら洗濯物を干し終え、夕食の支度をしていると、インターホンが鳴った。ドアの向こうから「お父さん、ただいま」と息子の声がしたので鍵を開ける。

「何だ、もう帰ってきたのか」

「あのね、公園、行かなかったの」

「え？　トイレか？　どっか具合悪いのか？」

「ううん、あそこのおじいちゃんに会ったから」

「え？」

「遠くに行っちゃうからもう会えないんだって。それで、僕、ミッション頼まれたの」

隼は、両手に抱えた鳩サブレーの缶をずいっと突き出してきた。思わず受け取ると、やけに重い。いつもの、からからという音がしない。

「絶対中を見ずに、お父さんに渡してくれって」

隼が手を洗っている間に、そっと蓋を開けた。帯つきの聖徳太子の束が目に飛び込んできて、落っことしそうになる。それと、ぺらぺらの茶封筒が一通。

「隼、俺のスマホで動画見ていいぞ」

「ほんと？　見る！」

息子をおとなしくさせておいてから、封筒の中身を取り出した。縦書きの便箋に、走り書きの文字。

『先日は世話になった。ちょうどお前の息子に会えたから、これを託す。俺が先代の社長から引き継いだ、表に出せない金の一部だ。言っておくが、いっぺんに使ったり交換しようとしたりすると目立つからな。すぐ税務署や警察につつかれるぞ。どうしても困った時に、鰹節を削るみたいにちびちび使っていくのがせいぜいだろうな。足がつかない料理の仕方を思いついたら、俺にも教えてくれ』

そこまで読んで、おいおい、と小声で突っ込んだ。意地悪じいさん、新札でくれよ。

『それと、俺が信頼している部下の連絡先をここに記しておく。もし働く気があるのなら、俺の名前を出して連絡してみろ。お前の嫌いな縁故ってやつだ。本当は、大晦日に言おうと思ってた。馬鹿にしていた七十点の料理を自分で作れるか、試してみたらいい。頑張れよ』

最後まで読むと、恭一は唇を噛み締め、黄色い缶を抱きしめた。

頑張れ。頑張ろうな。この三年間、何度も言われてそのたびうるせえよと思った。縁故と同じくらい忌々しい言葉が、なぜか今、目に染みてたまらない。

「お父さん、どうしたの?」

息子が尋ねる。

「おじいちゃんにいいものもらった？」

うん、と声を詰まらせながら答える。

「宝物、もらったよ……」

祝福の歌

南向きのリビングに射し込んでくる陽光がやわらかい。春がくる。室内干し用のバーに洗濯物を吊り下げながら、達郎は無意識にハミングしていた。本当は天日に晒したシャツやタオルに思いきり顔を埋めたいのだが、美津子が花粉症なのでこの時季外干しは厳禁だ。

「ちょっと、やめてよ」

その美津子のクレームで、かすかなメロディは中断を余儀なくされた。ちょうどサビのいいところだったのに。

「歌わないでっていつも言ってるでしょ」

「気になるほどの音量じゃないだろ」

「だから、いつもいつも言ってるけど、音痴なんだもん。耐えられないの。授業で生徒たちの下手くそな歌聞かされるだけでもいやなのに」

真偽の程は定かでないが、妻は絶対音感の持ち主で、音程がずれたメロディを浴びると「服のタグが肌にちくちく当たる不快感を百倍にしたような」ストレスを感じるらしい。

「下手くそを上達させるのが先生の仕事じゃないのか」

「音楽っていうのは持って生まれたセンスが重要なの。美術と一緒。だいたい、副教科なんて息抜きか睡眠時間くらいにしか思ってない高校生に熱血指導したところで無駄。ところで、一応訊いとくけど、何を歌ってたの？」

「『春咲小紅（はるさきこべに）』」

「うそでしょ？　『朧月夜（おぼろづきよ）』かと思ってた」

「全然違うじゃないか」

「だからそのレベルの音痴ってこと」

そうかなあ、と反論したい気持ちはあるものの、彼女に口でかなわないことは二十年余りの結婚生活で骨身に染みているので話題を変えた。

「菜花（なのか）は？」

「出てった」

「え？」

ぶすっと答えた妻に達郎は慌てて尋ねる。

「まさか、追い出したのか？　いくら何でもそれは」

「勝手に出てったの！　そのへんぷらぷらしてコンビニでお菓子でも買って帰ってくるでしょ。リビングでこれ見よがしに妊婦ストレッチなんか始めるから『掃除の邪魔』って言ったら拗（す）ねちゃって」

何とコメントしたものか、達郎は思案する。ママの言い方もきつかったんじゃないのか？　と宥める、あるいは、そのくらいで拗ねるなんてつくづく子どもだな、と妻に同調する。どちらも違う気がした。しかし黙ってても「ちょっと聞いてる？」と自分に矛先が向けられるのは明白だ。二、三秒の制限時間内にどうにか適切な回答を、と脳みそをフル回転させた結果、達郎の口から出た言葉は「ストレッチ、まだ流行ってるんだな」だった。美津子は途端に白けた顔で「は？」と眉根を寄せる。

「ほら、自粛期間中テレビとかでいろいろやってたけど、もうすっかり下火なのかと」

「ほんとのんきなんだから」

こんなに知恵を絞っているのに、「いつもぼーっと話を聞き流して適当なことしか言わない」と非難されるのが理不尽だと思う。しかしやはり抵抗は諦め、手早く洗濯物を干し終えると洗面所に移動して髭を剃り始めた。その背中にも美津子の声が飛んでくる。

「ねえ、菜花のこと、どうするの」

「どうって……」

「変顔してないでちゃんと考えてよ」

「いや仕方ないだろ」

シェーバーを使っている最中なのだから、鼻の下を伸ばしたり頬を膨らませたりは不可抗力だ。

「本人が産むって言ってる以上、縄で縛って堕ろさせるわけにはいかないじゃないか」

「そこを言い聞かせるのも親の役目でしょ！」

シェーバーの駆動音に負けじと美津子はボリュームを上げた。

「わたしだって言いたくないわよ、でも現実的に高校生で出産して子育てなんて苦労するのが目に見えてるじゃない。いっときの感情に流されて産んでから後悔したってどうにもならないんだから」

「それはわかってるよ」

「また他人事みたいに」

「そうじゃないけど、菜花は俺よりずっと弁が立つだろ」

誰かさんに似て、という余計なひと言はかろうじて飲み込んだ。「ママが説き伏せられないものをどうにかできるわけがない」

「十七歳の娘に論破されてどうすんのよ！　ああいやだ、あなたは理解ある父親のポジションで、わたしは娘に中絶を強要する毒母（どくはは）」

「あの子だってママが自分を思って言ってることくらい理解してるよ」

せめてものフォローを言い終わるより早く、鏡の中の妻はぷいっと背を向けた。しかしものの十分後には「きょう、お義母（かあ）さんとこ寄るんだっけ？」とけろっと訊いてくる。怒りが尾を引かないのが美津子のいいところだと思う。

「うん」

「じゃあ、いちごちょっと持って行ってあげてよ。それで、先月も言ったけど、前回の容れ物ちゃんと持って帰ってきてよね」

「わかった」

勤め先の印刷工場までは車で三十分、月に一回か二回、すこし回り道して母が住むマンションに立ち寄ると小一時間。車中ではマスクも不要だし、妻の小言を気にせず堂々と歌えるから、達郎はこのささやかなドライブが好きだった。ほんの一ヵ月前ならもう空が薄暗かったのに、気づけば夕暮れが徐々に遅くなっている。春がくる、とまた思い、自分的春のセットリストを口ずさんでいるとすぐ目的地に着いた。オートロックのエントランスでインターホンを鳴らしたが応答がなく、合鍵で解錠した。ロビーで宿題やゲームに勤しむ子どもたちを横目にエレベーターで五階まで上がり、五〇三に入るとやはり誰もいない。大方買い物か散歩だろう。倒れたりしていなくてよかった。洗面所で手を洗い、リビングのローテーブルに置いてある父の位牌と写真に軽く手を合わせていると母が帰ってきた。

「おかえり」

「たっちゃん、来てたの」

「朝、LINEしただろ」

「ああ、そうだった、忘れてた」

いやねえ、とひとりごちながら買い物袋をキッチンのワゴンに置く。

「スーパー行ってたんだけど、どこに何が売ってるんだかわかんなくて時間かかっちゃって」

「いちごあるよ。美津子が持ってけって言うから」

「本当？　ありがとう、さっき買おうと思って忘れてたのを今思い出した。美津子さん、さすがね」

滞在時間はいつも短い。母とふたりきりで盛り上がれる話題など特にないので、体調はどうだとか、困ったことはないかとか、簡単な健康チェックとご用聞きに尽きる。子どもの頃は掃除や炊事に立ち働く母の後ろをちょこまかとつきまとい、始終話しかけていたような気がするのだが、どうしてあんなに必死だったのだろう。

「美津子さんも菜花ちゃんも元気？」

「うん」

「たっちゃんは大丈夫？　夜勤、つらくない？」

「慣れてるよ」

「あなたは身体が弱いんだから、無理しないでよ」

しょっちゅう熱を出したり腹を下したりして病院の常連だったのはせいぜい小学校に上がる頃までの話なのに、母にとって達郎は未だに虚弱体質のもやしっ子らしかった。立派になったこの腹を見ろよ。

「大丈夫だって。母さんこそ最近どう」

平気よと答えるか、せいぜい腰が痛いの膝が痛いのと定番の愚痴をこぼす程度だろうと軽く水を向けると、予想に反して母は「そうね……」と顔を曇らせた。

「何かあったの？」

深刻な不調とか、あるいは特殊詐欺に引っかかったとか？　あまり込み入った話なら日を改めなければ、出勤時間に間に合わなくなる。

「たっちゃんに言っても仕方ないかもしれないけど」

「一応、言うだけ言ってみてよ」

「あのね……お隣の近藤(こんどう)さんのことなんだけど」

何だ、ご近所トラブルか。近藤さんとやらが右か左かも達郎にはわからない。

「奥さんのようすが最近ちょっとおかしくて」

「おかしいって、どういうふうに」

「以前は、ごみ出しとか買い物のタイミングで会って立ち話してたのに、もう半年以上もほとんどお見かけしなくて、たまにお会いしてもさっと逃げられちゃうのよね。前は気さくに話しかけてくれてたから、心配なの。すごくやつれてて、はっきり言って人が変わったみたいで」

「体調でも悪いのかな」

「それに、赤ちゃんのことも気にかかっちゃって」

「赤ちゃん？」

その単語に一瞬身構えたが、もちろん菜花のことではなかった。母によると、五〇四号室に近藤さん夫婦が越してきたのはおとといの初冬だったという。五〇四の間取りは3LDKのファミリータイプで、タオルを持って挨拶に訪れた夫婦は「来年には子どもが生まれるのでうるさくしてしまうかもしれませんが」と恐縮しつつも幸せそうに言ったのだそうだ。

「よそさまのお子さんとはいえ、わくわくしちゃってね」

母は目を細める。「わたしは保育士だったから赤ちゃんの声は大好き、ベビーシッターに立候補したいくらいです、なんて……もちろん冗談でよ。しつこく食い下がったりはしてないわ。旦那さんは激務で大抵帰りが遅いし、奥さんは奥さんで頼れるご実家がないそうで、心強いねって喜んでくれたの」

そういえば、そんな話を聞いた覚えがある。父が死んで四十九日が過ぎた頃だったか。「お父さんがいなくなって家の中がすっかり静かになっちゃったけど、お隣がにぎやかになるのは楽しみ」とか何とか。

「お腹が膨らんでくると、ふうふう言いながら歩くようになって。でも、赤ちゃんのためにも運動しなきゃって頑張って階段を使ってたのに、今はすっかり……赤ちゃんを見かけたことはもちろん、泣き声すら聞こえないし」

「それは……普通に考えて、お子さんがかわいそうなことになったんじゃないのか？」

「やっぱり、そうかしらねえ」

赤の他人のことだというのに、母は目に見えて肩を落とした。

「もうすぐマスクをしなくてもよくなるし、外に出て、すこしでも元気になってくれたらいいんだけど」

「いや、わからんけどさ。生まれはしたけど病気で入院してるとか、何か重い障害があるとか」

「何にせよお気の毒だわ」

達郎が羅列した可能性をいやがるようにかぶりを振る。「何か、力になりたいの」

「うーん、でも、デリケートな問題だから。ご近所さん程度の間柄であれこれ気を回さないほうがいいと思うよ。若い人って、ただでさえそういう詮索とか嫌いだろう」

変なお節介を焼くタイプではないが、一応釘を刺しておくと、母は浮かない顔のまま「わかってる」と頷いた。部屋を出てエレベーターホールに向かう途中、五〇四の前でふと足を止める。昨今珍しく「近藤久寿(ひさとし) 鈴香(すずか)」とフルネームのプレートがかかっている。

ここに赤ん坊の名前も加わるはずだったのかな、と想像すると、どんな事情があるのか知るよしもないが、軽く胸が痛んだ。

夜勤明け、家族を起こさないようこっそり風呂に入り、ゆうべのおかずをつまみに発泡酒を一本飲むのが達郎のささやかな楽しみだった。白んでいく早朝の静けさの中で、みんながこれから働くのに俺は一杯飲って眠れるのだという幸福感は、晩酌よりしみじみと深い。それでいて、夜のようにもう一本……とついつい手が伸びることもなく、コスパがいい。朝酒を味わうために夜勤を志願しているといっても過言ではない。イヤホンを装着し、好きなドラマを観ながらリビングでひとり酒を堪能していると、美津子が寝室から出てきた。唇の動きで「おかえり」という言葉を読み取り、イヤホンを外す。

「ただいま。早いな」

「部活の朝練。同僚の先生とお茶して帰るから、きょうはちょっと遅くなる」

顧問をしている吹奏楽部の新入生歓迎演奏会に向けて何かと忙しそうだった。

「わかった」

「そういえば、きのう久しぶりに大学時代の友達と電話でしゃべったんだけど、お母さんが認知症始まって大変みたい」

「へえ」

「うちも他人事じゃないんだからね？　きのう、お義母さんどうだった？」

「いちご喜んでたよ。自分でも買おうと思って忘れてたらしい」

「じゃあちょうどよかったのね」

「うん。スーパーで売り場がわからないみたいなこと言ってたから、うろうろしてる間に失念したんだろうな」

ちょっとしたうっかりエピソードのつもりで話したのに、妻の顔はにわかに険しくなった。

「それ、大丈夫？」

「何が」

「スーパーって、いつも通ってるとこじゃないの？　棚の配置がわからないなんてことある？」

「いや、俺も結構さまよう時あるけど」

「パパはたまにしか行かないからでしょ！　お義母さん、まめに買い出し行くほうじゃない」

確かに、足腰が衰えがちだからこそ、こまごまと用事を作って外に出なきゃね、とよく言っていた。

「え、何だよ、母さんが認知症だっていうのか？」

「もう八十過ぎてるんだからおかしくないわよ。ほかに、何か変わったとこなかった？」

「うーん、夜勤きつくないかって毎回訊かれるけど、定型の挨拶文みたいなもんだし……

あとはお隣さんの噂話」

「物を盗られたとか、お隣さんに監視されてるとか？」

「そんなんじゃないよ、赤ちゃんが亡くなったかもしれなくてかわいそうだって言ってた」

「ふうん」

美津子はなおも安心しかねるといった顔つきで「とにかく」と達郎に告げた。「注意して見守っててよ。ただでさえお義父さんが亡くなってひとりぼっちなんだし、兆候があれば早いうちに物忘れ外来でも受診させないと」

「母さん、病院大嫌いなんだよなあ」

幼い達郎を抱えて駆け込んだことは何度もあったが、母自身は高熱でふらふらになっても頑として医者にかかろうとしなかった。

「下手すりゃ、健康診断すら何十年も行ってないんじゃないかな」

「うそでしょ」

「いや、ほんとに。献血に行けば簡単な血液検査してくれるからそれでいいんだって」

「もう献血できる年齢じゃないでしょ。いざとなったらあなたが責任持って連れて行ってよ、自分の母親なんだから」

「うん」

「ところで、きのうお願いした容れ物は?」

「……あ」

忘れてた、と言うが早いか、「息子が先に忘れっぽくなってどうすんのっ」とどやされ、達郎はひゃっと首を竦めた。

昼下がりに起き、美津子が作り置いてくれたおにぎりを食べて皿を洗っていると、娘がおもむろに近づいてきた。

「パパ、きょうもおばあちゃんち行くんでしょ?」

「何で知ってるんだ」

「朝、ママと話してたじゃん。小腹空いて台所に行こうとしたらママの声が聞こえたから、やべ、もう起きてるって思ってようす窺ってたの。ね、あたしも行っていい?」

「何で」

「だっておばあちゃん認知症かもしんないんでしょ、忘れられたらさみしーもん。お正月以来会ってないし、おばあちゃんも喜ぶと思うよ」

「パパ、そのまま会社に行くから帰りは車で送れないぞ」

「電車で帰るから大丈夫。あ、交通費はちょうだいね」

「スマホにSuicaが入ってるだろ?」

「だからそのスマホをママに没収されてんじゃん！」

「あ、そうか」

正確には、夜の一時間だけ美津子の監視下で使用が認められている。大方、暇つぶしついでに小遣いでももらえたらラッキーという魂胆だろうが、母が喜ぶのは確かだから連れて行くことにした。助手席に菜花が収まると、どうしてもシートベルトの下の腹部に目がいってしまう。今はまだぺったんこだった。

「え、どこ見てんの、キモいんだけど」

すかさず菜花に突っ込まれる。もちろん本気の罵倒ではなく、達郎が「すまん」と謝るとすぐにけらけら笑って腹をさすった。

「さくらちゃん、悪いおじいちゃんでちゅねー、じろじろ見られたら落ち着かないでちゅねー」

「おい、もう名前までつけてるのか」

「胎児ネームだよ。本物の名前はほーりーと相談してつけるもん」

胎児ネーム、聞いたことはあるが、何となくぞわっとする響きだと思う。幼虫を愛でてるみたいだな、などと考えてしまうのは、自分が男だからか。いや、問題はそこじゃない。

達郎は「なあ」と呼びかける。「本当に、産む気か」

「産むよん」

本気度を測りがたい語尾。「妊娠しちゃったみたい」と告げてきた時も、その後の話し合いでも娘はずっとこんな調子だった。

「そんなこと言ったって、現実的には」

「あたしのお腹に子どもがいる、それがいま最優先されるべき現実だよ」

かと思えばこんなふうに鋭く切り返してくるから、達郎のほうがまごついてしまう。

「誰が何て言おうと、『子どもができたら産む』って生き物の基本ルールじゃん？　それを否定しちゃえる言葉ってこの世にないと思うんだよね。あたしもパパもママもそうやって生まれてきたんだから」

ちょっと、そこで詰まってないで何か言い返しなさいよ、と脳内で妻がせっつく。我ながら情けないが、菜花を翻意させられる説得プランなどここ二週間ひとつも浮かんでこない。当の娘は「それより早く行かないと会社遅刻するんじゃね？」と余裕たっぷりだった。

達郎は仕方なく車を発進させ「おばあちゃんには妊娠のこと言うなよ」と言い含めた。これは妻の意向だが。

「わかってるよお」

「本当か？」

「だって、おばあちゃんに言うじゃん？　したらおばあちゃんはあたしの味方するじゃん？　したらママが『おばあちゃんを懐柔して！』ってますますガチギレじゃん？　話がこじれるだけだよねー」

よくわかってるじゃないか。

「ママとおばあちゃん、微妙に折り合い悪いもんね」

「ママが何か言ってたのか？」

「ううん、見てたらわかるよ。独特の緊張感があるっていうか。嫁姑ってどこもこんな感じなのかなーって思ってた。家近いのに行き来少ないし。ママが性格きついから？おばあちゃんのほうが気ぃ遣ってるっぽい」

「いや……」

確執というには大げさな妻と母の距離感について娘に話したことはなかったが、ここまで察しているのなら隠す必要もないだろう。達郎は「ちょっとした行き違いだと思う」と打ち明けた。「ママの実家は遠いから、お前が生まれた後、おばあちゃんが手伝いに通ってくれてたんだよ。でも、産前産後って何かとナーバスになるみたいで、おばあちゃんのちょっとした言動に引っかかっちゃってなあ」

「ちょっとしたって、たとえば？」

「うーん……覚えてるのは、ママが『母乳の出が悪い』ってこぼしたら『あら、困ったわねえ』って相槌を打たれたのがいやだったんだって」

「え、駄目なの？」

『粉ミルクでも発達は変わらないから大丈夫よ』って言ってほしかったらしい」

「え〜？　察してちゃんすぎる！」

「おばあちゃんが保育士なのも、却ってママのプレッシャーになったんだろうな」

母に悪気はなかったし、もちろん美津子だって頭では理解していただろう。それでも気が休まらない、ひとりのほうがいい、と訴えるので、「手伝いはもう大丈夫」と達郎からやんわり伝え、母も何か感じるところがあったのか、以前より疎遠になった。その後、美津子も落ち着きを取り戻すと母への態度を後悔していたようではあるが、当たらず障らずの関係は変わらなかった。

「仲が悪いってわけじゃないんだよ」と妻の名誉のために言い添える。「おじいちゃんたちが、実家を処分してコンパクトなマンションに住み替えたいって言った時も、おじいちゃんが亡くなった時も、ママは『同居しようか？』って言ってくれたし、結局同居はしなかったけど、何かと気にかけてくれてる」

「わかるー、ママってちょっとツンデレなとこあるもんね。あたしの妊娠発覚後、ずっと激おこだけど、うちのコーヒー黙ってノンカフェインにしてくれてるし」

「そうだったのか。でも、どうぞ産んでちょうだいってことじゃないからな」

「知ってる。高校教師の娘が高校生で母親に、とかやばいもんね」

「体面だけで反対してるわけじゃない」

「それも知ってる」

平然と答える娘の横顔からよちよち歩きだった時分の面影を見出すのは難しくなく、達郎は胸中で何百回目かわからないつぶやきをこぼす。

信じられない、こいつの腹の中に赤ん坊がいるなんて。

ほーりー、こと堀くんは高一からのクラスメイトで、一年の文化祭をきっかけにつき合い始めたらしい。そして仲を深め、肉体関係にまで至り――菜花は妊娠した。十年、いや今どきなら十五年早いライフステージだ。菜花が判定薬で自己検査をして達郎と美津子に報告し、美津子が慌てて病院に連れて行くと妊娠が確定した。避妊具はつけていたと主張するが、怪しいものだと思う。

両親に連行されてきた堀くんは、まだ髭も生えていない、つるりとしたあどけない顔つきの少年だった。こいつが娘を、と何度考えてみてもふしぎなほど怒りは湧かず、丸刈りにされて頬を腫らした堀くんの痛々しさに目を背けたくなるばかりだった。娘が妊娠したという実感がまだないのに、見せしめに罰せられた罪人のような姿でこられても困る。玄関先で土下座した堀くんは「責任を取ります」とふるえる声で、けれど確かに言った。

――産んでほしいです。十八歳になったら、菜花さんと結婚したいです。

その瞬間、達郎の胸には乾いた哀れみのような感情が広がった。こいつは、本当にまだ知らないのだ。人生の厳しさなど何ひとつ。だからこんな言葉を恥ずかしげもなく吐ける。

十年、五年、一年……いや、あしたには軽率な求婚を後悔するかもしれないとすら、想像できないんだろう。もちろん「責任は取れないから堕胎してほしいです」などと吐かしたらそれはそれで許せないが、堀くんの青さは五十男の神経をえもいわれぬ不快さで逆撫でした。最初から騙すつもりの嘘より、ついた時点では本心だった嘘のほうが悪質だ。

菜花も「産みたい」と言い張り、堀くんの両親は「娘さんのご意向に沿うかたちで、わたくしどもにできることは何でもいたしますので」とひたすら平身低頭していた。親子三人で話し合って結論を出します、と伝えてお引き取り願ったが、菜花の意志は予想以上に固く、夫婦揃って手をこまねいている状態だった。堀家の夫婦は毎日が判決日みたいな心境かもしれない。このまま膠着状態が続けば胎児は成長し、「産むしかない」時期を迎える。どうなるんだ。達郎は不意にハンドルをほっぽり出して頭を抱えたくなる。なのに、まっすぐ前を向いた娘はその未来をみじんも恐れていないように見えた。愚かさがいまいましく、まぶしい。

母は孫娘のサプライズ訪問を喜び、「お茶淹れるわね」といそいそ台所に立った。

「もう春休みなの?」

「学期末の試験休み。あとは修了式に出るだけ。あ、おばあちゃん、あたし白湯にしてもらっていい?　今はまってんの」

「菜花ちゃん、渋いのねえ」

やかんに水を入れ、コンロにかける母のすぐ横に立っていると「何やってるの」と訝しげな顔をされた。

「いや、何か手伝うことあるかなって」

「いつもそんなこと言わないくせに、菜花ちゃんの前だからってかっこつけなくていいから座ってなさい」

もし認知症が始まっているのなら火気は要注意だが、特に危なっかしい挙動は見受けられない。やはり、妻の取り越し苦労かもしれない。やかんを見守りながら、母が達郎の耳にも調子っぱずれなメロディを口ずさみ始めた。

「おばあちゃん、それ、何の歌?」

「キャンディーズの『春一番』よ。菜花ちゃんは知らないでしょうね」

「んーん、知ってるよ。音程がフリースタイルすぎてわかんなかっただけ！　いやーパパとそっくり！」

「おい」

貶されているとわからないのか、母は「そうお?」とにこにこするだけだった。

菜花を残して早々に退散し、エレベーターを待っていると、玄関の鍵が開く音が聞こえてきた。達郎が早朝に帰宅する時のように慎重でかすかな音だったが、だからこそ却って耳は敏感に拾い、達郎は反射的にそちらに顔を向けた。そしてぎょっと目を見開いた。
五〇四号室の細く開いたドアから女が半身を乗り出し、屈み込んで段ボール箱を持ち上げようとしているところだった。置き配の荷物を回収する、ただそれだけの行動に驚いたのは、女の顔つきが尋常じゃなかったせいだ。段ボールと大差ない土気色にくすみ、目の下は青ずんだ隈で落ち窪んでいる。自分で切ったのだろうか、肩にかからないぎりぎりの髪はばさばさと不揃いで、八十代の母より潤いを欠いて見えた。あまりに異様な風体から視線を逸らせずにいると、女も達郎に気づいて一瞬身体を強張らせ、素早く荷物を引き込むとさっきよりは乱暴に施錠した。今のが、母が話していた「近藤さんの奥さん」だろうか。

エレベーターに乗り込むと、無意識に長い息を吐いていた。率直に、怖い。母が気にするのも無理はない。出産前は幸せそうだったなんて想像もつかない。近藤家で何かがあったのは間違いなさそうだ。あの扉の向こう、五〇四の室内はどうなっているんだろう、と考えると、何やら鳥肌の立つ心地がして、達郎は左右の手首を代わる代わるにさすった。

翌朝、帰宅後ルーティンの朝飲みを楽しんでいると、菜花がそっとリビングにやってきた。「おかえり」と声をひそめるので、つられて小声で「ただいま」と返した。「きょうは早起きだな」

「きのうの報告とかしたくって。ね、ごはん食べたらあたしの部屋に来てよ。ここでしゃべってたらママが起きちゃう」

「わかった」

娘の部屋にお邪魔するのなんて小学生以来かもしれない。見覚えのあるぬいぐるみが枕元に並んでいる一方で、シャンプーか香水か知らないが妙に甘い香りが漂っていたりして、ラグに腰を下ろしたものの居心地が悪かった。菜花はそんな達郎に気づき「緊張すんなって」とにやにやしている。

「お客さん、こういうお店来るの初めて？」

「どういう神経してたら父親に下ネタを言えるんだ？」

「まーまー……おばあちゃんのことだけど、認知症はまだ大丈夫じゃないかなあ。まず、スーパーだっけ？　なんか、最近リニューアルオープンして、売り場の場所ががらっと変わっちゃったんだって。ほかのママさんたちも買いにくくなったって愚痴ってたよ」

「ほかのママさん？」

「帰る時、ロビーで小学生の女の子たちが遊んでたから、声かけてちょっとおしゃべりしてたの。そのうちママさんたちが迎えに来て、ついでに仲よくなった」

「ついでにって……すごいな、お前」

菜花はもともと人懐っこく、初めての場所でもすぐ友達を作れるタイプだった。ひ弱で内向的だった達郎とも、はっきりものを言いすぎて摩擦を起こしがちな妻とも違っていて、人間関係の心配をせずにすむのは親としてありがたかった——気さくすぎるのも良し悪しだと、最近思い知らされたが。

「五〇三の牧野ですって名乗ったら、『牧野さんのお孫さん？』って打ち解けてくれた。死んだおじいちゃんが管理組合の理事長を何年もやって、みんなすっごい助かってたんだって。めんどくさくていいやなんでしょ？　積立金の管理もきちんとしてて、頼りにされてたらしいよ」

　中堅どころの商社で経理畑が長かったと聞いた覚えはあるが、引退後もそんなふうに能力を活かしていたとは初耳だった。無口で、家のことにはノータッチの典型的な「昭和の親父」という印象しかない。

「町内会のクリスマス会とかハロウィンでも、張り切ってサンタ役とかやってたっぽい」

「想像もつかないな」

「で、隣の近藤さんだけど、ほかの人たちも気にしてたよ」

　ベッドに腰掛けた菜花が足を遊ばせながら言う。

「出産前はちょくちょく見かけたのに、奥さんが引きこもるようになっちゃったから。お腹大きい時に、マンション内のママ会に誘ったんだけどやんわり断られたんだって。たまーに見かけてもビジュアル怖すぎて誰も話しかけられないみたい」

「人にはそれぞれ事情があるんだろうし、興味本位で詮索するなよ」

「わかってるけどさー。おばあちゃんも、言わないけど、赤ちゃんに何かあったんじゃって心配してるんだと思うよ。旦那さん忙しい人なんでしょ？　密室育児で追い詰められて虐待、とか……」

ものの数秒見かけた、隣家の妻——近藤鈴香だったか——の風貌を思い出し、また背中がひやりとした。しかし、すべては憶測に過ぎない。

「おい、先走って児童相談所に通報したりするんじゃないぞ。泣き声が聞こえたとか、具体的な兆候があるわけじゃないんだろ」

「しないよー。でも気になるから、またおばあちゃんち行っていいよね？　ママさんたちの育児エピ聞くのも勉強になるし」

自分もプレママ気分らしい。そうだ、近藤家より我が家の問題のほうがはるかに差し迫っている。

「今の菜花にとって大事なのは、学校の勉強だろ」

「だって休み期間だし、宿題もないし」

「どうする気だよ、三年生で大学受験もあるのに」

「それは仕方ない」

菜花はきっぱり答えた。

「優先順位のいちばんは子ども。そこは譲れない。ぎりぎりまで登校して、お腹はだぼっとしたパーカーでごまかす。体育は見学。出産したら育児。二学期以降まるまる休んでも卒業はさせてくれると思うし、もしばれて退学になったらその時考える。でも、ほーりーにはちゃんと卒業してほしいし、できれば大学も出てほしい」

「そんな甘い計画が通用すると思ってるのか？」

「あたしとほーりーだけじゃ無理。だから、精いっぱい頑張るけど、パパたちにも力を貸してほしい。ねえ、子育てはそんなに簡単じゃないって、パパにもママにもたくさん言われたよね。でも、ふたりはあたしをここまで育ててくれたじゃん。だったら、現実の厳しさより乗り越えるためのライフハックを授けてよ。あたしは産んだ世界線で考えてんのに、産むか産まないかの話ばっかかされても嚙み合うわけない」

本当に、これが俺の娘だろうか。毎日顔を見て、食卓を囲み、ファミレスや回転寿司やテーマパーク、海辺の民宿でありふれた「家族の思い出」を作ってきたはずなのに、俺のあずかり知らないところで男をつくり、子どもをつくり、俺を説き伏せようとしている。サンタクロースのコスプレで張り切る父親より遠く感じられた。

それから、もやもやしたまま床に就くと、ひどい夢を見た。

闇の中に二本の白い手が現れたかと思えばするりと首に絡み、そのまま絞め上げてくる。細くてつめたい指に血管を圧迫され、苦しくて声も出せない。逃れようとがむしゃらに腕を振り上げてもなぜかその手に掠りもせず、相手の顔も見えなかった。

びくっと全身がけいれんした拍子に目を覚ますと、横たわっているのに動悸が激しい。思わず首元に手をやると、じっとり汗ばんでいた。何なんだよ。とっさに浮かんだのは、きのうの近藤鈴香の顔だった。あれが記憶にこびりついたせいで悪夢を見たのかもしれない。数回深呼吸して落ち着くと、自分の小心さが情けなくなった。まだ若い（自分から見れば）女の風体がちょっとアレだったくらいで馬鹿馬鹿しい。

その日も、次の日も、菜花にせがまれて母の家に寄った。五〇四の前を通りかかる時、どうしても注視してしまったが、近藤鈴香と遭遇することはなかった。にもかかわらず、立て続けに同じ夢を見た。つめたく白い手に首を絞められ、もがき苦しむ。次の二日間は会社が休みだったので就寝時間を変えてみてもやはりうなされ、生活時間帯の都合上、寝室を分けている美津子が「大丈夫？」と心配して覗きにくるほどだった。

「おんなじ悪夢ばっかり見るっていうのは、何か原因があるのかな」

仕事の休憩中、社員食堂でそばを啜りながら同僚に尋ねてみた。

「どんな夢？」

「たぶん女、に、首を絞められる」

「おい、不倫してんのか？」

「そんなわけないだろ」

「ストレスじゃないか？　夜勤ばっかはよくないぞ。やっぱり、朝陽を浴びて起きないと。日勤ありのシフトにしてもらったらどうだ」

「いや、この生活でリズムができてるから別につらくはない」

「じゃあ、何かに取り憑かれてたりして」

別の同僚が口を挟む。

「幽霊なんか信じてるのか？」

「え、いると思うけど。生き霊とか呪いって可能性もアリだな」

そこでまた近藤鈴香を連想したが、恨まれる覚えはない。目が合ったのなんて、偶然の事故みたいなものだろう。

「あ、俺、子どもの頃しょっちゅう見てる夢ありましたね」

最近入ってきたばかりの新人も話に加わった。外見も中身も幼いもんだなと思っていたが、それでも、堀くんに比べればれっきとした「大人の男」に見える。

「小学校の遠足で遊園地行って観覧車に乗ったんですけど、その晩以降、観覧車から降りられなくて焦る夢ばっか見たんすよ。親に話したらめちゃ驚いてました。俺が一歳過ぎたくらいの時、観覧車の機械トラブルで三十分くらい閉じ込められたことあるらしくて、あんた覚えてたの？って。全然自覚なかったのに、ふしぎっすよねえ」

「今でも見るのか？」

「いえ、親に話して以降ちょっとずつ見なくなって、今は全然。何でしょうね、答え合わせできて、無意識の俺が納得したみたいな？　だから牧野さんも、何かきっかけになるような事件とか、ありませんでした？」

記憶にないはずの、遠い出来事。自分は幼い頃、首を絞められた経験でもあるというのか。だとしたら、それを夢で追体験するようになったトリガーは何だ。やはり近藤鈴香なのか？　ああいう外見の、やばい女に襲われて——何の心当たりもない。

黙りこくっていると「おい、大丈夫か？」と気遣われた。「確かに顔色悪いな。続くようなら産業医に相談したほうがいいぞ」

「ありがとう」

夢見の原因がはっきりすれば悩まされずにすむかもしれない。今度、母にそれとなく訊いてみようと思った。


「パパ、そろそろ起きないと会社遅れるんじゃない？」

ノックの音と娘の声で飛び起きた。即座にスマホを確かめると午後三時四十五分。しまった。夢を見なかったわけではなく、うなされて起きた後、二度寝したのだ。慌てて身支度し、菜花を乗せて出発する。きょうは母と話せそうにない。マンションのエントランスから菜花だけ入らせ、踵(きびす)を返して車に向かうと、目の前に見覚えのある女が近づいてくるところだった。

近藤鈴香。前に見た時と同じ不健康そうな顔色と無頓着な身なりは、春のやわらかな陽射しの下で、いっそう不気味に見えた。それでもどうにか笑顔をつくり「こんにちは」と会釈してやり過ごそうとしたら、彼女はぴたりと足を止め、ぼさぼさの前髪の間から達郎を睨(にら)みつけた。一瞬で肝が冷えた。

「……やめてもらえませんか」

近藤鈴香は、案外はっきりした声でそう言った。思わず「は？」と聞き返す。

「人の家のこと、あれこれ詮索するの、やめてください。迷惑なんです」

そのまま、達郎の脇を通り過ぎて中に入っていく。達郎はしばらくその場を動けなかったが、やがて恐る恐るエントランスを振り返ると、もう誰もいなかった。煙のように消えた──わけがない。エレベーターか階段で上がっただけだ。オートロックを解錠する電子音も聞いたし、いきなり話しかけられて驚いたものの、間近で存在を確認したことで、得体の知れない恐怖は薄らいでいた。彼女は幽霊でも人外(じんがい)の存在でもない。「あれこれ詮索」というのは、偶然達郎と目が合ったことかもしれないし、菜花がロビーでママさん方と話しているのを聞いたのかもしれない。菜花には、改めて注意しておかなければ。気を取り直して車に戻り、エンジンをかけた途端、スマホが鳴った。堀くんの父親からだったので、即座に取る。

「もしもし、牧野です」

『堀です。今、ちょっとよろしいでしょうか』

「どうぞ」

エンジンを切り、無意識に膝の上で拳を握る。

『あの……その後、どうでしょう、菜花さんのお気持ちは』

「変わりませんね。『産む』の一点張りで、我々も手を焼いているところです」

『そうですか……』

落胆を隠そうともしないつぶやきの後の沈黙は、こちらを責めているように感じられた。何やってんだよ、ちゃんと言い聞かせろよ、と。込み上げてくる苛立ちをこらえるべく下唇を噛んでいると、堀くんの父親が「本日は、お願いといいますか」と切り出した。

『もし、どうしても出産する、という決断をされるのでしたら、DNA親子鑑定をしていただきたいんです』

「……は?」

『胎児DNA鑑定も可能らしいですし、出産後でも構いません。もちろん、費用は負担いたしますので。やはり、こういうことはきちんとしておきたいと』

「きちんと?」

冷静な声で訊き返している自分が、ふしぎだった。熱い液体を注がれた氷のように、心臓がぴきぴき鳴る音が聞こえる。

「うちの娘がきちんとしてないから、ほかの男とも関係を持っていたかもしれない、そう仰りたいんですか？」

『いえ、決してそんなつもりは』

「そんなつもりじゃなかったら何なんですか？　そもそも、息子さんは納得されているんですか？」

『はい』

堀くんの父は、なぜか得意げに答えた。

『息子のたっての希望で、お電話差し上げました』

「ふざけるな」

スマホを耳から離し、終話のアイコンをタップするまでの数秒がひどく間の抜けたものに感じられ、苛立ちが増した。固定電話なら、受話器をフックに叩きつけてやれるのに。菜花も堀くんも、固定電話を使ったことがないかもしれない。固定電話も使ったことがないガキのくせに子どもなんてつくるからこうなるんだよ。おかしな憤りで血管が膨らみ、握りしめた手の甲に浮かび上がる。怒りや屈辱や悔しさや菜花への哀れみ、正負ごちゃ混ぜの感情ではち切れそうになりながら転げるように車を降り、まっすぐ五階へと向かった。

合鍵で五〇三に入ると、短い廊下の先のリビングから菜花が顔を覗かせる。

「パパ？　どしたの」

「菜花」

俺は今、どんな顔をしているんだろうか。自分でもわからない。憤怒の形相か、逆に平坦な無表情か。菜花が不審げに眉をひそめているから、いつもと違うことだけは確かだ。

「腹の子は、諦めろ」

表現を取り繕う余裕もなく告げると、菜花は眉間の皺を一瞬でほどき、ぱちぱちと目を瞬かせた。

「なに言ってんの？」

「現実を見ろ。無理に決まってる。あいつは駄目だ」

「やだ」

娘が、声をふるわせかぶりを振る。ああ、目を閉じたい。耳を塞ぎたい。何も言いたくない。でもそんなわけにいかないだろう。俺はお前の父親なんだから。

「いいから言うことを聞けっ」

慣れない大声を張り上げた瞬間、それをかき消すほどの怒声が響き渡った。

「あんたは何を言ってるんだ！」

母が菜花を庇うように立ちはだかったかと思うと、ずんずん達郎の目の前に歩み出て思いきり頬を張った。

「子どもを堕ろせだなんて自分の娘に言うのか！　この人でなしが！」

母に怒鳴られたのも、手を上げられたのも初めてだった。存在を失念していたわけではなかったが、口出しされたところで「黙っててくれ」と一蹴すれば引き下がってくれるだろうとたかを括っていた。想定外の激昂ぶりに立ちすくんでいると今度は「出て行け、早く」と肩を押された。その手荒い扱いにたじろぎ、後ずさる。ドアノブが腰にぶつかって鈍い痛みが走った。

「出て行け!!」

殺されるんじゃないかと本気で思った。そのくらいの気迫だった。達郎はひと言も抗弁できないまま部屋を追い出された。しかも、ドアが閉まった途端鍵とU字ロックに拒絶され、竜巻に弾き飛ばされたような気分でしばし放心する。何だ、今のは。いや、非難されて当然かもしれないが、それにしたって、あんな姿は見たことがない。真っ白になった頭の片隅に、あの夢の手がよぎる。

あれは、ひょっとして母の手ではないのか。

虫も殺せない性格だと思っていた母が、あんな激情を秘めていた。隣の赤ん坊を気にかけていた母。菜花が言った「虐待」という言葉。赤子にまつわる不穏な空気が、悪夢の引き金だったとしたら。母がずっと達郎にやさしかったのも、近藤鈴香を気遣っていたのも、菜花を庇ったのも、罪悪感の裏返しだとしたら。父がそうだったように、娘がそうだったように、母にも、達郎の知らない貌があるとしたら。

妄想の産物だと切り捨てられなかった。固く閉ざされた扉の向こうで母と菜花がどんな話をしているのか、達郎には見当もつかない。

始業時間にはかろうじて間に合ったが、仕事に身が入るはずもなく、二時間ほど経って「おい、具合が悪いんならもう帰れ」と上司から言い渡された。「そんな上の空で働かれちゃ事故の元だ」

確かに、周囲に迷惑をかけない自信がなかったので、「すみません」と頭を下げるほかなかった。家に帰って、それからどうしよう。堀家からの電話について美津子に伝え、菜花を迎えに行って……母の頭が冷えていることを願うしかない。

更衣室で着替えている最中、ロッカーに置いたスマホがけたたましくスチールの棚をふるわせた。妻からだった。勤務中はスマホに触れないのを知っていてかけてくるということは、何らかの緊急事態に違いない。

「どうした」

『よかった、繋がった。会社に電話しようかと思ってた』

「だから、何があったんだ」

『お義母さんが病院に運ばれたの』

「母さんが？」

　まさか、頭に血が上りすぎて血管が切れたのか？

『マンションの階段から落ちたんだって。今、菜花が病院に付き添ってるから行ってくる。命に別状はないみたいだけど、パパも来られそう？』

「ああ。病院の場所、ＬＩＮＥしてくれ」

　何でこう、次から次へと。春って、もっとうららかな気持ちで過ごせる季節じゃなかったのか。このまま知らない土地までぶっ飛ばせたら爽快だろうな、と実行に移せるはずもない想像を巡らせつつ車を走らせた。

　母のマンションからほど近い総合病院のロビーは、照明も最小限に絞られてひっそりとしていた。「パパ」と美津子が待合の椅子から立ち上がったが、その隣で赤い目をした菜花は、一瞬達郎を見やってすぐにそっぽを向いた。

「母さんは？」

「足首を折ったみたいで、さっき痛み止めの坐薬入れてもらったところ。頭も打ってぼんやりしてるから、きょうのところはそっとしておいたほうがいいですって、先生が」

「そうか……」

「菜花、何があったのかパパに説明して」

　美津子に促されると、菜花は洟を啜りながら話し始めた。

「パパと言い合いになった後、おばあちゃんが、あたしに気ぃ遣って『ケーキでも買ってこようか』って言ってくれたの。近所においしいお店があるから、ちょっと行ってくるって出かけたのに、なかなか帰ってこなくて。でもスマホないから連絡できないし、鍵も持ってないし……どうしようって考えてたら、一時間くらいして管理人さんが来た。踊り場で倒れてるところを、ほかの住人さんが見つけてくれたみたい。それで、管理人さんが救急車呼んで、緊急連絡先からママに電話してくれた」

「何で階段なんか」

達郎の疑問に美津子が「急いでたんじゃないの」と返す。「エレベーターが行っちゃってて、待ちきれなかったとか」

「あたしのせいだ」

菜花の目から涙がこぼれた。

「菜花、それは違うわよ。そんなつもりで言ったんじゃない、ごめんね」

「おばあちゃん、すごく痛そうにしてたのに、救急車の中でもずっと謝ってた。『おばあちゃんドジだから転んじゃって、迷惑かけてごめんね』って……」

妻に肩を抱き寄せられると、幼子のようにしゃくり上げ始める。達郎はいたたまれなくなり「飲み物でも買ってくるよ」とその場を離れた。自販機コーナーの明かりがまばゆいほど白い。菜花は何を飲みたいんだろう。カフェインNG、ジュースは太るからいやだと言うかもしれない。乳酸飲料、フレーバーつきの水、いっそお汁粉とかコーンスープか？　ずらりと整列するドリンクを目の前に、娘のための一本すら選べない自分がひどく無能な男に感じられた。昔は、ファンタグレープかカルピスさえあればご機嫌だったのに。

「あなた」

背後からそっと声をかけられる。

「おい、菜花についててやらないと」

「トイレに行ってるわ。あの子の前じゃちょっと……」

「うん？」

「管理人さんから電話があって、お義母さんが運ばれた後、一階の階段のところにある防犯カメラの映像を確認してくれたらしいの。ずいぶん先走ったことするなあと思ったんだけど、慌てたようすで階段から走り去っていく女の人が映ってたんだって」

「え、でも本人が転んだって言ってるんだろ？」

「うん、無関係かもしれない。でも管理会社としては警察に届けてはっきりさせる必要があるって言われた」

「その、女っていうのは」

「さすがに教えてもらえなかった」

あのマンションで達郎が知っている女は近藤鈴香しかいない。一度ニアミスしただけの達郎に食ってかかってきたくらいだから、母を疎んじていた可能性はある。だとしても、階段から突き落とすほどの理由は何だ。母の記憶は一時的に混濁しているだけなのか、それとも犯人を庇っているのか。

「あした以降、母さんに確かめるしかないな」

「そうね……あ、菜花が戻ってきたみたい」

結局、手ぶらでロビーに戻ると、菜花はちいさな手提げ袋を突き出してきた。

「おばあちゃんのお買い物バッグ。財布の中身が散らばってたからかき集めたけど、何か失くなってるかもしんない。チェックしといて」

「あ、ああ」

母の所持品など把握していないが、一応ひとつひとつ確認しながらがまぐちに戻した。小銭、レシート、キャッシュカード、診察券、保険証、ほかにもスタンプカードやクーポンの類いが大量に。そういえば母さん、こういう整理整頓が苦手だったな。溜まりに溜まった古い年賀状を段ボールに突っ込んだままにしていて、父に叱られていたのを思い出す。こんな時なのに、気が緩んでふっと笑った。ほら、この献血カードなんか、いつのだよ。

赤いカードを何気なく裏返し、瞬間、目に飛び込んできた印字をそのまま口に出していた。

「マキノフミエ、ABプラス」

「え?」と美津子が訊き返す。

「母さん、AB型なのか。俺はOなのに」

今度は菜花が「え?」と言った。それから、妻と娘は顔を見合わせて黙り込む。達郎の勘違いではなさそうだった。

「両親のどちらかでもAB型なら、O型の子は生まれないんだよな」

「あなた、今までお義母さんの血液型知らなかったの?」

「気にしたことなかった。俺も献血したことあるから、自分の血液型を間違えてるって線もない」

「え、じゃあ、パパとおばあちゃんは実の親子じゃないってこと?」

何度見ても変わらない献血カードの表示から目を離せないでいると、美津子が「落ち着いて考えて」と肩をさする。

「本当に何も知らなかったの? お義父さんからも聞いてない?」

「ない」

「戸籍謄本見たことは?」

「ない。パスポートは持ってないし、婚姻届出す時も、俺は提出先の役所が本籍地と一緒だから要らなかっただろ」

「ああ、そうだったわね」

「アルバムは？　パパが赤ちゃんの頃の写真とか」

「披露宴のスライドで使ったから、ある。ただ、母さんと一緒に写ってたかと言われると、そこも気にしてなかったな」

「おじいちゃんとは間違いなく血が繋がってるよね。顔そっくりだもん」

菜花の言葉に妻も大きく頷く。だとすれば考えられるのは、産みの母が別にいて、今の母は、何らかの理由で後妻に入った。離婚、あるいは死別。

「……こういうイベントって普通、人生の前半で迎えるもんじゃないの？」

「菜花、なに言ってんのよ」

「え、だってそうじゃん。十八歳とか二十歳ならともかく、五十歳で出生の秘密に悩むのとか正直ださいし、半世紀も親子してたんなら、今さらどっちでもよくね？」

「いや、まあ……そう言われてみればそうなんだが」

すっかりいつもの調子を取り戻した菜花は「おばあちゃんに訊くしかないっしょ」と明快に言ってのけた。

「聞くの怖かったら、一緒にいてあげるし」

「菜花！　もう、パパもね、いくらびっくりしたからって子どもの前で口走らないでよね！　こらえなさいよ」

「ご、ごめん」

「ねー喉渇いた、ファンタグレープ買ってきて」

娘が高校生で妊娠した。悪夢に悩まされるようになった。娘の彼氏がどうやら怖気付いた。母が階段から落ちた（あるいは突き落とされた）。そして今、齢五十にして出生の秘密らしきものを知ってしまった。考えることがありすぎて頭の中はぐちゃぐちゃだが、そんな自分の傍に、妻と娘が当たり前にいてくれることが嬉しかった。


その晩はさすがに眠れず、夢も見なかった。朝になって母の着替えや日用品を取りに行くと、部屋の前に近藤鈴香と、スーツ姿の男が立っていた。

不意打ちに面食らう達郎に、近藤鈴香は「申し訳ありませんでした」と詫びて地面に手をついた。憑き物が落ちたように「普通の女」に見えた。すこし遅れて隣の男も倣う。

「牧野さんがけがをされたのは、私の妻が原因です。警察に行く前に、どうしても直接お詫びをしたくてお待ちしておりました」

この男が表札の「近藤久寿」か。事件続きで感情が摩耗しているだけかもしれないが、土下座した近藤鈴香の痩せた肩を見ていると、怒る気にはなれなかった。ご近所の目もあるので「とりあえず、中へ」と促し、ふたりをソファに座らせると、自分は立ったままで
「母の容体ですが」と切り出す。

「足首の骨折と軽い打撲で、今のところ命に別状はないそうです。だからと言って笑って

流せる話ではありませんが、母はうちの娘に『転んで落ちた』と説明していました。何らかの事情であなたを庇っているのだとしたら、その理由を知りたい」

「牧野さんが……」

近藤鈴香が声を詰まらせ両手で顔を覆うと、久寿は彼女の肩を軽く抱いて「僕からお話しします」と言った。「まず……僕らの子どものことです。妻は妊娠していません」

「えっ、でも」

「はい。牧野さんにも、このマンションの方たちにも子どもが生まれると伝え、妻は、お腹に詰め物と重りを仕込んで妊婦を装っていました。それは、子どもを迎えるためです。僕たちは、代理母と契約していました」

ママ会に誘ったけど断られた、という菜花の話を思い出した。あれは、「本物」の妊婦と接触して偽装がばれるのを恐れたからだったのか。

「わたしは、生まれつき子宮の内壁が薄くて、妊娠や分娩には耐えられないと言われました」

か細い声で、近藤鈴香が話し始める。

「でも、卵巣は正常なんです。おかしな話に聞こえるかもしれませんけど、夫婦だけの生活に納得していたはずなのに、世界じゅうがパンデミックに陥って、この先どうなるんだろうと不安になればなるほど子どもを望む気持ちが日に日に高まり、抑えられなくなりました。それで……」

「あの、間違いでしたらすみません。確か、日本で代理出産は」

「ええ、認められていません。ですから、コーディネーターを頼って海外での代理出産をお願いしました。リモートで何度もやり取りして、提携している医療機関で人工授精を行い、凍結受精卵を向こうに送ったんです」

「そんな方法が……」

「予定では、代理母の出産後、夫が現地に行って子どもを引き取り、出生届を日本に提出して、子どものパスポートが発行され次第連れて帰ってくるはずでした」

何ともややこしい手続きだと思った。きっと相当な費用もかかるだろう。しかし、彼らにとって我が子を抱く喜びに比べれば些細なハードルだったのかもしれない。何もない腹に子どもを宿したふりをするのも。

「その子は今、どうしてるんですか？ 予定どおりなら、とっくに生まれているはずですよね。でも母も、近所の奥さんたちも、赤ちゃんの姿が見えないのを気にしていました」

「子どもは……さくらは、もう一歳を過ぎました。女の子です」

近藤鈴香は、ぐんにゃりと泣き笑いに似た奇妙な表情を浮かべ、言った。

「代理母が合法な数少ない国のひとつが、ウクライナなんです」

絶句した。ここ一年、テレビやネットで繰り返し目にした——それも最近ではずいぶん減ってきた――遠い異国の惨状が脳裏にちらつく。

「だって、わかるわけないじゃないですか、あんなことになるなんて。予定日が近づいた頃になって情勢が緊迫してきて、もうどうしようもなくて、きっと大丈夫、戦争なんて起こるはずないって自分に言い聞かせるしかできなくて、でも、結局……」

くずおれるように上体を折った女の背中を、久寿がそっと撫でて続ける。

「娘が生まれて間もなく侵攻が始まり、とても僕が渡航できる状況ではありませんでした。代理出産で生まれた赤ん坊たちがいる病院も爆撃に巻き込まれ、さくらは、行方不明になりました。混乱の中、代理母がさくらを連れて逃げたんです。本来なら一ヵ月程度で赤ん坊と離れて、それ以降はいっさいの接触を断つはずだったのに。生まれた日に動画が送られてきて以来、さくらの顔も見ていません。それでも、僕たちにはもうあの子以外考えられない。きっと無事に保護されて、親子三人で暮らせる日がくると信じていました。さくらを引き取ったら、病気でずっと入院してたことにしよう、と夫婦で決めました。まさか、一年も情勢が好転しないなんて……妻は心労で疲弊し、そのうち、隣近所が代理出産の件を知っていて噂している、という妄想にとらわれて外出もままならなくなりました」

「きのうはいったい何があったんですか？」

電話がありました、と、蹲（うずくま）ったままの近藤鈴香が答える。

「コーディネーターから……代理母は、さくらを連れてポーランドに避難していました。

彼女の家族は、空爆で残らず死んだそうです。だから、さくらは渡さないと。自分にはもうこの子しかいないから取り上げないでと。そんなの知らないって叫びました。わたしの子よ、返してよって錯乱したまま表に飛び出しました。そこに、牧野さんがいたんです。娘を迎えに行かなきゃって繰り返すわたしを落ち着かせようとしてくれてたのに、この人も邪魔をするのかって、乱暴に振りほどいたらバランスを崩して……わたしはまだ興奮していて、助けも呼ばずマンションの外に出て無我夢中で走って、疲れたら歩いて、歩くこともできなくなってへたり込んでから、やっと我に返りました」

「本当に申し訳ございません」

久寿がもう一度深々と頭を下げる。憔悴しきったようすのふたりに「きょうのところはお引き取りください」としか言えなかった。

病室に入ると、ベッドを軽く起こした状態の母が開口一番「個室なんて困るわよ」と口を尖らせた。

「差額ベッド代取られちゃう」

「ここしか空いてなかったらしいから、払わなくていいんだよ」

「あらそうなの？　じゃあのんびりさせてもらうわ」

「大部屋が空き次第移ってもらうとは言われてるから」

「何だ、けちくさい」

達郎は丸椅子に腰掛けて「具合は？」と尋ねた。

「痛み止めが効いてるから平気よ。手術するか、ギプスで固定して治すのか、きょうお話があるみたい」

「そうか。……近藤さんがご夫婦でうちに来てたよ」

「へえ、何かご用だったの？」

「わかるだろ」

「年寄りが階段で足を滑らせて転んだの。ただそれだけ」

母は眉ひとつ動かさずに言い切ると、もうこれ以上話すつもりはないというふうに唇を引き結んだ。

「……しょうがないな」

「あ、それから、クローゼットに本当のお母さんの写真とか形見とか、入ってるからね。靴が入ってた箱の中よ」

「はいはい——え？」

あまりにもさらっと言われたのでついさらっと受け流してしまったが、今、何て言った？　まじまじと母の顔を見つめると「やめてよ、恥ずかしい」と苦笑して顔の前で手を振る。

「何で」

「さっき、顔見た瞬間にわかったわよ。ああ、こりゃばれたなって。どうやって知ったの？」

「献血カード」

「ああ……カーテン閉めてくれる？　まぶしいわ」

「うん」

室内が暗くなると、母は安堵したように目を閉じた。

「いつか言わなきゃ言わなきゃとは思ってたんだけどねえ、お父さんは、お前に任せるよって言ったまま先に死んじゃうし。男ってずるいんだから。ごめんね、びっくりした？」

「うん。でも、菜花が五十歳で悩むのはださいとかどっちでもいいとか言うから、そんな気もしてる」

「菜花ちゃん、最高だわ。ねえ、退院したら、どこかの施設に入ろうと思ってるの。お父さんが遺（のこ）してくれたお金があるからね。今のマンションは菜花ちゃんにあげる。そこで子育てすればいいじゃない」

達郎が答えられずにいると、一方的に話し続けた。

「最初の夫は、最悪な男だった。蹴られて流産した。姑も最悪だった。身も心もぼろぼろだったのに、子どもを殺した、母親失格の女だって追い討ちかけられて、キレちゃったの。

ほんとに、頭の中で何かの線がぷちっと切れるのがわかった。泣き叫びながら大暴れして、お巡りさんにも引っ掻いたり嚙みついたりして、気がついた時には精神科病院のベッドに手足を括りつけられてた」

何であんなことがまかり通ってたんだか、とうっすら開いた母の目が遠いところを見る。

「お前みたいな女は子どもを産まないほうが世のため人のためだって、承諾もなく不妊手術をされた。最近、いっぱい裁判やってるでしょ。あれよあれ」

「そんな、他人事みたいに」

「自分のこととして受け止めきれないのよ、今でも。名前を出して闘ってる人たちには本当に頭が下がる。わたしにはできない。入院してる間に離婚届も出されてて、まあんな家に帰ってもいつか殺されてたと思うから、命拾いしたわね。実家しか行く場所はなかったけど、肩身は狭かった。両親が厄介払いのためにもぎ取ってきた縁談の相手が、お父さん。奥さんを病気で亡くして、まだ二歳にもならない息子のお世話はとても無理だから、とにかく早くって探してたの」

淡々とした語り口は、コップのふちぎりぎりで盛り上がってふるえる水面のような危うさに満ちていた。その下に湛えた暗い水の深さは、母にしかわからない。

「でもお父さんはやさしかったし、たっちゃんはかわいかったし、これまでの人生は何だったんだろうって思うくらい楽しかった。ありがとうね、たっちゃん」

子どもに向けるような微笑に気恥ずかしくなる。子どもの頃なら、ためらいなく胸の中に飛び込んでいけたのに。

「何だよ急に」

「間に合ってよかった。秘密にしたまま死ぬのは、本当のお母さんに申し訳ないもの。そういう意味じゃ、近藤さんに感謝かしら。まあ、自分で転んだんだけどね」

達郎が近藤夫婦の事情を話すと、聞き終えた母は「かわいそうに」とつぶやいて静かに涙を流した。

「近藤さんも、ウクライナのお母さんも。いつの世の中にもひどい話があるものね」

「なあ、母さん。俺、ものごころつく前に、誰かに首を絞められたような気がするんだ。白い、女の人の手……あれはひょっとして、産みの母親だったのかな」

「わからない」と母は涙を拭った。「自分が長く生きられないと知っていて、たっちゃんもひどく身体が弱かったし、思い余った瞬間もあったかもしれない。人間だからね。それだけの話でしょう。だってあなたは今も生きてるんだから」

「うん」

あのほっそりした指にこめられていたのは、憎しみでも殺意でもなく、悲しみや無念や懺悔(ざんげ)だったのかもしれない。シーツの上に投げ出された母の老いた指を見ながら、思った。

美津子と菜花から『どうだった?』と心配するＬＩＮＥが届いていた。達郎はふたりにかった。

『大丈夫』と返した。何がどう大丈夫なのかわからなくても、自分のために、そう答えた

眠気をこらえ、ハンドルを握る。街行く人々はまだほとんどがマスクをしているが、来年の春にはがらりと変わっているかもしれない。あるいは、また状況が悪化してマスク社会のままかもしれない。来年、菜花は母になっているかもしれない。さくらちゃんは、近藤夫婦の元で暮らしているかもしれない。わからない。達郎にはどうにもできないことばかりだ。

再び母の部屋に上がり、クローゼットを漁(あさ)って靴の箱を取り出す。蓋を開けると、写真や母子手帳、ジュエリーケースなどが入っていた。モノクロもしくはセピアの写真に写る実母を見ても特に感慨は湧かず、やっぱり感性が瑞々(みずみず)しい時期に見ないとな、と娘の正しさを実感した。かと言って、どうしてもっと早く教えてくれなかった、と母を責める気持ちはみじんもない。

写真の下から、ケースに入ったカセットテープが一本発掘され、懐かしさに「おっ」と声を上げた。ラベルはない。ここに収められている以上、実母に関係したものだとは思うが、母が適当に突っ込んだ可能性も否めない。

睡眠欲より好奇心が勝り、達郎は家電量販店に行って安物のカセットプレイヤーと単三電池を購入した。駐車場に停めた車の中でさっそく電池を入れ、カセットを差し込み再生ボタンを押す。年代物だからノイズしか聞こえない、あるいはテープが絡まって駄目になるというオチも覚悟の上だったが、キュルル……と味わい深くも心配な音が鳴った後、女の声が飛び飛びに聞こえてきた。

——たっくん、聞こえてますか？　いないところに話しかけるの、変な感じ。きょうは、たっくんの一歳の誕生日だね。おめでとう。お母さん、病院にいてお祝いしてあげられないけど、せめて声だけでも届けたくて、録音してます。

病室かどこか、周りに人がいるところで録ったのだろう。ざわめきや足音、看護師らしき人間の「検査行きますよー」という声も交じっている。動画撮影もビデオ通話も一般人には縁遠かった時代の、母の肉声。生きてたんだ、と初めて身近に感じた。生きて、父と結婚し、達郎を産んだ。そして、スマホもパンデミックも二十一世紀の戦争も知らずに死んだ。

——たっくん、なかなかおうちにいてあげられなくてごめんね。お母さん、いつもたっくんのこと考えてるからね。二歳のお誕生日は一緒にお祝いできるように頑張るからね。じゃあ、ちょっと恥ずかしいけど、歌いまーす。

軽い咳払い（せきばら）の後、おなじみのメロディが聞こえてくる。

――ハッピーバースデートゥーユー、ハッピーバースデートゥーユー、ハッピーバースデーディアたっくん……ハッピーバースデートゥーユー……。

小鳥のように可憐なソプラノだった。自分とは似ても似つかない。お母さんは、俺と違って歌が上手かったんだな。そして母さんは、俺と一緒で歌が下手くそで。達郎は巻き戻しボタンを押す。キュルキュルと擦れるようにテープが巻き取られる。もう一度「ハッピーバースデー」を聴く。時間は戻らないのに、繰り返すことができる。菜花のこと。堀くんのこと。隣人のこと。遠くの戦争のこと。ふたりいた母のこと。自分の手が届かないところで進んでいく、あらゆる人生や運命や出来事が音符に乗って空へ放たれていくような気がした。十八歳や二十歳ではなく、五十歳でこの歌を聴けてよかったと思った。流れ落ちる涙を拭おうともせず、達郎は、もう一度、二度、三度と美しい祝福の歌に耳を澄ませた。

さざなみドライブ

よく晴れた土曜日だというのに、郊外の駅にはほとんどひと気がなかった。GWはそれなりににぎわったのだろうか？――いや、大差ないに一票。「平常化」という祝祭から取り残されたような寂しい雰囲気は三年前を思い起こさせ、閑散とした空気を妙に懐かしく感じている自分に苦笑した。この三年間幾度となく味わってきた息が詰まる閉塞感、出口の見えない焦燥感。誰か、未来が視える人間がいるんなら教えてくれ、と繰り返し願った。いったい、いつになったら世界は元どおりに回る？　家に閉じこもっていた昼、静まり返った通りを歩いた夜、悶々としていた月日は通り過ぎればひと晩の悪い夢のようで、「長かったね」と言葉を交わす端から、長さの実感は薄らいでいく。

予定よりだいぶ早く着いてしまったので、屋根のないホームにぽつんと設置されたベンチに腰を下ろした。待ち人はおそらく三十分後の列車に乗っているだろう。視線を上げれば、新緑が萌える山々と澄みきった青空というシンプルな景色にドライアイが癒される心地がした。世界じゅうが息をひそめていた時期は大気汚染も改善されたんだっけ。明かりの消えた繁華街でゆっくり星でも眺めたいと思いながら、結局一度も観察には行かなかった。時間ならあり余っていたのに。ぼんやり五月の風に吹かれていると、どうでもいい物思いが脳内で右から左へと流れ去っていく。こんなふうに、いやな記憶も全部風に乗せて手放せたらいいのに、なんて考えていたら、もう次の列車がやってきた。

別々の車両から、三人の乗客が降りてくる。きっと彼らだ。一瞬声をかけようかと迷ったが、もし違っていたら恥ずかしいので、正規の待ち合わせ場所である改札外に向かうことにした。

改札を抜けると、やはりさっきの三人がどこか戸惑った風情で佇(たたず)んでいた。僕よりすこし年下、二十代後半くらいに見える女と、もっと若い少女と、中年の男だった。女はノーマスクで、淡いラベンダー色のストールを首に巻き、いかにも初夏の行楽といった装(よそお)いだが、ほかのふたりは顔の下半分を覆うマスクにキャップまで被(かぶ)り、少女は眼鏡(めがね)を、男に至っては濃い色のサングラスをかけてほとんど人相がわからない。つい最近まで「安心」のバロメーターだったマスクが、今は不穏なアイテムに思えるのは、きょうのこの快晴やのどかな景色に似つかわしくないからだろう。

「あ、ひょっとして、ツイッターの……？」

どう呼びかけたらいいものか逡巡していると、ストールの女から僕に話しかけてきた。

「はい、そうです」

「アカウント名とか伺ってもいいですか？」

「……キュウリ大嫌(だいきら)い、です」

適当につけたアカウント名を口に出すのが恥ずかしくて消え入りそうな声で答えると、彼女は頓着するふうもなく「ああ」と頷いた。「キュウリ大嫌いさん」

復唱しないでほしい。

「初めまして。わたし、マリーゴールドです。で、こっちの男性があずき金時さん、こっちの女の子が毛糸モスさん」

彼らは揃って首を突き出すような会釈をするだけだったが、そっけない反応のほうが気楽だった。これからの予定にふさわしい態度だという気がするし。

「で、あとひとり、動物園の冬さんが車で迎えに来てくれるはずなんですけど……まだみたいですね。出口はここだけだし」

駅前にはバス停と駅舎に併設されたコンビニ、あとはシャッターの下りた居酒屋くらいしか見当たらない。

「動物園の冬さんと、個別にDMとかされてました？」

マリーゴールドの問いに、僕らは三人ともかぶりを振った。きょうの集まりを呼びかけたのも、待ち合わせやらの段取りを主導的に進めたのも『動物園の冬』というアカウントで、年齢も性別も知らない。ツイッター上では敬語がきちんとしていて返信もまめだったから、信頼できそうという印象だった。ネット空間のイメージなんてあてにならないのは重々承知だが、たぶん、ほかのメンバーも同様だったと思う。約束の時間を過ぎても幹事は現れず、やや不安げな気配が漂う。

「今、DMしてみます」

僕はスマホを取り出し、動物園の冬に宛てて『着きました。全員揃ってます』と短いメッセージを送る。マリーゴールドが車道に目をやったまま「騙されてたりして」とつぶやいた。

「え、やだ」

とか細い声で訴えたのは、毛糸モスだった。「こんな田舎まで来たのに」

「だよね。でもまじでドタキャンだったらどうする？」

試すような問い――実際、試しているのだ。僕らの意志を、決心を、覚悟を。誰も答えなかった。互いが互いをちらちら窺う。やがて、あずき金時が口を開いた。

「人に訊く前に、あんたはどうなんだよ」

うさんくさい風体に似つかわしくない低くつややかな美声に僕は驚き、どこかで聞いたような、と思った。気のせいだろうか、でも……考え込んだ途端、マリーゴールドが軽く片手を上げる。

「ねえ、もしかしてあれじゃない？」

妙に爽やかなライムグリーンのミニバンが近づいてくるのが見えた。車は僕らの目の前で停まり、運転席から男が出てくるや「すいません、お待たせしました」とぺこぺこ頭を下げる。つむじ近くまで後退したごま塩頭、銀縁眼鏡（老眼鏡かもしれない）の奥で西瓜(すいか)の種みたいにちいさな目がおどおど泳いでいる。確実に最年長だろうに、卑屈なほど腰の低い所作が妙に板についていた。いろいろ苦労をしてきた人なのかも、と推察する。役所の窓口にでもいてくれたら、このうだつの上がらない感じに却(かえ)って安心するかもしれない。対応の部署や書類の書き方を懇切丁寧に教えてくれそうだ。

僕の失礼な想像など知る由もなく「ツイッターでいつもお世話になっております」と低姿勢を崩さない彼に、マリーゴールドがてきぱきと説明する。

「動物園の冬さんですか？　初めまして。わたし、マリーゴールドです。それから、キュウリ大嫌いさんと、あずき金時さんと、毛糸モスさん。さっき自己紹介し合ったところです」

この人はきっと仕事ができるんだろう。明るい雰囲気でコミュニケーション能力もありそうだし、服装やメイクもぬかりない。何できょう、こんなところに？　疑問がよぎったが、彼女には彼女なりの事情があって当然だ、とすぐに打ち消した。

「そうですか、皆さんお揃いで、いやあ、全員集合できるなんて、こう言っては何ですが驚きました。発起人として喜んでいいのか、複雑なところですが……あ、どうぞどうぞ、車内に」

ミニバンの運転席には引き続き動物園の冬が乗り、真ん中のシートには僕とあずき金時が、後部座席にはマリーゴールドと毛糸モスが並んだ。

「道は空いてたんですが、ホームセンターが大混雑で」

　大した遅刻でもないのに、動物園の冬は弁明を続ける。

「だだっ広くてどこに何があるのかわからないし、その割に店員が少ないから訊こうにも訊けなくて難儀しました」

「最初の緊急事態宣言の時には、みんな行くところがなくてホームセンターに殺到してたって言いますもんね。今も人気なんでしょうか」

　マリーゴールドが愛想よく応じる。

「アウトドアとかキャンプとか、行く人が多いみたいですよ」

「この車も車中泊できそう。いい車ですね」

「もう中古ですよ。もしきょう、誰も来ていなかったら、ひとりであてどなくドライブでもしようかと考えてましたね」

「それはそれで楽しいかも。そういえば『動物園の冬』って、何かいいお名前ですね。ちょっと寂しい感じがして」

「いやあお恥ずかしい……仰るとおり、冬の動物園がね、好きなんですよ。上野みたいに立派なところじゃなくて、地方の、何てことないちいさな動物園がいいんです。冬の平日は、ただでさえ少ない客がもっとまばらで、動物も寒そうに縮こまってて、哀愁があります。で、ちょっとだけヒネリというか、言葉をひっくり返して……あ、すいません、べらべらと」

どんな些細なフックでも、他人に興味を持たれ、質問されたこと自体が嬉しくてたまらないと言わんばかりのテンションに僕は軽く苛ついた。同族嫌悪だ。わかりすぎていやになる。同時に、こんな集いに来るような人間だもんな、と親しみも覚えた。

「マリーゴールドさんは、マリーゴールドがお好きなんですか」

「そう、単純に。あずき金時さんは小豆が好きですか？」

あずき金時は「別に」とそっけなく答えた。照れくさいのかもしれない。

「毛糸モスさんは、ひょっとしなくてもあれ？　モデルの、ケイト・モス？」

僕はその名前を知らなかったが、有名人なのだろうか。毛糸モスはこくりと頷き「鬼好き」と言う。「切り抜きめっちゃ持ってるし、スマホに画像千枚くらい入ってるかも」

「へえ、すごいね。で、キュウリ大嫌いさんは、キュウリが大嫌い、と」

「……はい」

マリーゴールドの笑い含みの声に頬が熱くなった。馬鹿にされたわけじゃないのはわかっている。ただ、使い捨てのアカウントにせよみんなが「好きなもの」にちなんだ名前をつけている中、真っ先に「嫌いなもの」を思い浮かべてしまった僕の「人間の質」みたいなものがあらわになった気がしていたたまれなかった。

「それにしても、あれですねえ、自分でつけた偽名とはいえ、コードネームで呼び合うみたいなのは、面映ゆいというかむず痒いというか……」

「コードネームなんていいもんじゃねえだろ」

「それはそうですね」

あずき金時の突っ込みに動物園の冬はへらっと笑い、「わたし、毛利と言います」と名乗った。

「ネットでは本名を使っちゃいかんらしいので、便宜上名乗っていただけですから。慣れた名前のほうが落ち着きます。まあ、そんなに呼んでいただく機会もないでしょうが」

「え、わたしどうしよっかな……やっぱマリーゴールドのままでいいや。ていうか、こんなことああだこうだ話してんの、おかしいですよね」

マリーゴールドが言葉を切ると、車内の空気が急に重たくなった。

「今から死ぬのに」


年齢も属性もばらばらな僕たちは、ひとつの目的のもとにツイッター上でつながり、集まった。一緒に自殺をするということ。僕は自分自身の生に耐えられなくなり、死にたかった。でもひとりでは勇気が出なくて道連れが欲しかった。「自殺」と検索したら求めてもいない相談窓口に誘導しようとするくせに、女子中高生の飛び降り配信がトレンドに上がる無法地帯で同類を見つけるのは簡単だった。その手のタグからいろんなアカウントを吟味して「動物園の冬」に辿り着き、五人という僕的に多すぎも少なすぎもしない手頃なグループに加入することができた。死にたい死にたいと連投するだけの構ってちゃんどもを篩にかけ、実行力のありそうなメンバーと合流できたのは幸運だと思う。寂れた駅から、さらに人が来ない山中の林道を目指して走る車のトランクには、毛利が買ってきた練炭と七輪が積んである。

「それにしてもいい天気ですねえ」

ルームミラーの中で、毛利の目が笑い皺に埋もれる。

「もったいないんだかありがたいんだかわかりませんけど」

本当に、これからみんなで死ぬのだろうか？　まだ現実味がなく、手元のスマホで「ケイト・モス」と検索してみる。眼光の鋭い、痩せた女の画像が出てきた。美人だけど「鬼好き」とネーミングに採用するほど入れ込む気持ちはわからない。女の子の好みには謎が多い。

「ところで皆さん、例のものは持ってこられました？」

「はい。遺書って案外難しいんですね。あれこれ書きすぎて削ったり、シンプルすぎてもかっこつけてる気がしたり……小学生の頃の読書感想文並みに苦労しました」

「マリーゴールドさんの遺書は明るそうですね」

「それじゃわたし、馬鹿みたいじゃないですか」

「いやいや、そういう意味ではなくて」

前方にトンネルが見えてくると、マリーゴールドが後部座席から身を乗り出した。薄いストールが僕の耳たぶにふわりと触れ、くすぐったい。

「ねえ、見て。山の中。藤がいっぱい咲いてる」

確かに、山肌のあちこちで淡い紫色がしぶくように広がっていた。公園の藤棚からお行儀よくぶら下がっているのと違い、野生の迫力を感じる。

「ああ、本当だ。シーズンですねえ。マリーゴールドさんのマフラー？　と同じ色だ」

「ストールって言ってくださいよ」

「すみません、ファッションに疎くて」

「もっと、山一面に咲いたらきれいだろうなあ」

毛利とマリーゴールドの和やかな会話にぼそっと水を差したのは、あずき金時だった。

「冗談じゃねえよ」

車がトンネルに入ると、サングラスをかけた横顔が暗い窓に映り、コンクリートの壁面と二重写しになる。

「藤が繁殖すると、蔓(つる)に巻きつかれた木は枯れちまう。いわゆる『絞め殺しの木』ってやつで厄介なんだよ。きちんと保全されてなくて山林が傷んでる証拠だ。うちの親父は林業やってたから、藤を目の敵にしてた」

　急にとうとうとしゃべり出すものだから、僕もマリーゴールドも彼を見つめ、毛糸モスもスマホから顔を上げ、振り返れない毛利は「ほう」と言いたげにルームミラーの中で目を瞠っていた。やはり美声で、そして何やら聞き覚えがあった。あずき金時は注目されて居心地が悪くなったのか、「どうでもいいけど」とつけ足してキャップのつばを下げた。

あっという間にトンネルを抜け、フロントガラスにはまた五月の明るい陽射しが降り注ぐ。

「いえいえ、勉強になりましたよ」

　毛利はひとりでうんうんと頷いてから、すこし改まった口調で「ところで……」と切り出した。

「こんなことをお訊きするのも気が引けるんですが、もやもやしたまま死んでも死にきれない、なんて結末は困るので……あずき金時さんって、ひょっとして、俳優の遠藤三雄さんじゃないですか」

　瞬間、僕の中であやふやだった回路がつながり、突如霧が晴れたような爽快感を覚えた。あっ、とマリーゴールドもちいさく声を上げる。そうだ、遠藤三雄だ。二時間サスペンスや連続ドラマの四、五番手くらいのポジションで、目立ちはしないがどんな作品に出ても違和感のない、小回りの利く脇役。主人公の友人の父親とか、行きつけの居酒屋の大将とか。

「ほんとだ、遠藤さんだ！　わたし、見てましたよ『地下捜査官』シリーズ！」

おそらくはリップサービス込みではしゃぐマリーゴールドと対照的に、隣の毛糸モスは知らないのかまたうつむいてスマホを弄り始めた。あずき金時は軽く舌打ちをしたものの、否定しないということは事実なのだろう。

「いやあ、胸のつかえが取れました。生まれて初めて芸能人にお目にかかりましたよ」

「最初で最後が、こんなしょぼいやつで悪かったな」

「とんでもない。そもそも、どうして遠藤さんみたいな方がこんな集まりに……」

あずき金時こと遠藤三雄は、苛立たしげにキャップとマスクをむしり取って吐き捨てた。

「んなもん、あんたらのほうがよくご存じだろうが」

車内に気まずい空気が流れ、よくできた環境音みたいな鳥のさえずりが聞こえてくる。

次に口を開いたのは、意外にも毛糸モスだった。

「『遠藤三雄　炎上』」

どうやらスマホでリサーチしていたらしい。炎上、という単語に遠藤の口元が歪む。

三年前、初めての緊急事態宣言のさなか、遠藤三雄は知人が経営するバーで飲み会を開き、千鳥足で店から出てきたところを週刊誌に直撃された。「密室で密な馬鹿騒ぎ」という見出しとともに写真と記事がネットニュースのトップを飾ると、自由に出歩けないフラストレーションを溜め込んだ大衆のバッシングはすさまじく、「#遠藤三雄の降板を求めます」というハッシュタグが拡散されてレギュラー出演していたドラマシリーズから不自然な展開で退場し、舞台や映画の仕事も次々白紙になった。あの頃はそんな魔女狩りじみた糾弾が日常茶飯事だった。一種の娯楽だったんだと思う。田舎に帰省しただけで、団体で行動しただけで名前や学校や職場まで晒され、重罪人扱いだった。有名人の遠藤三雄は、とりわけよく燃えた。同じような内容の叩き記事が繰り返しネットに上がり、過去のちょっとした行状まであげつらわれ、同じような批判コメントが湧いて出る。やがて世間が火炙り見物に飽きても、灰になった仕事は戻らない。僕は、炎上以降彼が干されたままだということを、今の今まで意識すらしなかった。もちろんバッシングには加担していないが、じくじくした罪悪感で胃が痛む。いじめを見て見ぬふりする人間も同罪、なんだっけ。

「確かに俺はルールを破ったよ、悪かった、それは認める」

マスクを外した遠藤からは、アルコールの臭いがした。今生の飲み納めのつもりだろうか。僕はなるべくきれいな状態で死にたくてゆうべから絶食しているというのに。

「でも、あそこまで叩かれるようなことだったのか？　宴会がしたかったわけじゃない。駆け出しの頃から世話になってる店が潰れそうで、すこしでも助けになりたかったんだよ。事務所にも実家にも中傷の手紙が届いて、殺害予告までされて、仕事は全部キャンセルで。あん時の感染者数、覚えてるか？　一日千人もいなかった。たった千人にビビりまくって、監視し合ってアホらしいにも程があんだろ。そのうち、一日何万人って発表されても、社会回せ、経済回せって無視するようになるのにさ」

　こんな時なのに、俳優の生の「語り」に僕はちょっと聞き惚れてしまった。滑舌も声量も素人とは全然違う。この技術を身につけるまでには、たくさんの時間と努力が必要だったに違いない。それが、物を盗んだわけでもなく、人を傷つけたわけでもなく、たった一度の酒宴で水の泡になってしまうなんて、ひどい脚本だ。

「何もかもなかったように涼しいツラしてるやつらに、思い知らせてやるんだ。お前らのイカれた正義感の結果だぞって。それだってすぐ忘れられるんだろうけど、もう失うもんもないしさ。だからきょう参加することにしたわけ。毛利さん、だっけ、趣旨にぴったりだろ？」

「あっ、はい、それはもう、申し分なく、といいますか」

　毛利は気圧されたようにしどろもどろで答える。『動物園の冬』として毛利が募った「死に仲間」の条件は、「パンデミックに人生を壊された人」だった。

『ウイルスそのものにではなく、パンデミックとそれを取り巻く社会によって魂を殺されたという方、ご一緒しませんか。「過去」として片づけられてしまう前に、命を賭して声を上げましょう。ニューノーマルに浮かれる世間に一石投じましょう。失われたものは戻らない、と』

果たして自分が該当するかどうかは微妙だった。でもそのつぶやきに惹かれ、僕はアカウントを作り、コンタクトを取った。昨今自殺に関する報道は規制されがちだが、全員がそれぞれの理由を書いた遺書を持ち寄れば週刊誌あたりは必ず食いつき、パンデミックの悲劇としてSNSで拡散されるだろう、というのが毛利の目論見だった。正直、そううまくいくだろうかと疑問だったが、遠藤が加わったことで一気に可能性が高まった。まあ、どうせ死んだ後の反響など見届けようがない。

緩いカーブの連続した道を、車は走る。対向車はまばらだった。廃屋のような民家や昭和で時を止めてしまったような喫茶店、路線バスの標識が緑に紛れて流れ去っていく。

「わたしもねえ、全財産失くしちゃって」

毛利が唐突に語り出した。

「あ、すいません。余計なこと言って遠藤さんに白状させたかたちになっちゃったんで、わたしも開示しないとフェアじゃないかなって。全然、聞き流してくださって大丈夫ですから……嫁さんがいたんです。子どもはいません。同い年で、扶養の範囲内でパートして、みたいな、まあ普通の嫁でした。なのに、どうしてあんなふうになっちゃったのか、未だにわからないんですよねえ……」

きっかけは、ワクチンだったのだという。

「ワクチン接種が始まるってニュースをテレビで見て、そりゃよかったって夫婦で話してたんですよ。妻は、軽い喘息持ちではあったんですが、インフルエンザの予防接種だって毎年受けてたし、何の不安もなさそうでした。ところが、いざ接種券が届いて、いつ打ちに行こうかって言うと『ああ』とか『そのうち』とか言葉を濁すんです。わたしは勤め先で職域接種があったので、そっちで予約を取り、接種の前日に妻に報告したら、急に怒り出して。危ないからやめろって言うんです。そりゃ、わたしも考えないじゃないですよ、アナフィラキシーとか薬害とか。でも、とにかく早く打たなきゃってムードだったじゃないですか。市販の風邪薬にだって禁忌や副作用があるわけですし。どうにか妻を宥めすかして打ちました。こいつもナーバスになる時があるんだなあ、とか、遅めの更年期かな、とかのんきに考えながら」

　そこでなぜか「すみません、暖房入れてもいいでしょうか?」とお伺いを立ててきた。外は爽やかな陽気で、車内で日光を浴びているだけでぽかぽか気持ちいいというのに。

「歳のせいですかねえ、ここ数年で冷え性になってしまいまして」

　暖房なんて入れたら絶対暑くなるからいやだ。僕はげんなりしたが、運転を任せている以上、文句も言いづらい。ほかのメンバーからも異論は出なかった。

「じゃ、失礼して……そういえば、始まりも『冷え』でしたねえ。このところ手足がつめたくて、と妻にこぼすと、真面目な顔で『ワクチンのせいかもしれない』って言うんですよ。最初は冗談かと思いました。でもあいつは真剣で、わたしはその時初めて、妻が反ワクチン派の主張をあれこれ読み漁(あさ)ってかぶれていたことに気づいたんです。mRNAは遺伝子を破壊するとか、癌(がん)になるとか」

僕はワクチンを三回接種した。でも、安全性の問題については正直よくわからない。地球レベルでの治験の途上だという気もしている。絶対的な信頼は置けないが、拒否しようとも思わなかった。飛行機に乗る時と同じだ。墜落事故は怖いけれど、自分が搭乗する便で起きるなんて想像できない。

恐ろしかったですねえ、と毛利はおっとり述懐する。

「ウイルスと一緒ですよ。何かのきっかけで極端な考えに触れると、一気に全身に回る。ワクチンから始まって、携帯の5Gの電波が有害だとか、水がどうだ、波動がどうだ、食べ物がどうだって……繰り返しになりますが、本当に、そんな女じゃなかったんですよ。変な石やうさんくさい水や怪しい機械にのめり込むような……自分ひとりで信じてるだけならまだしも、パート先でもそんなことを主張して回ったもんだから、ほかの人の迷惑だってクビになりました。当たり前ですよね。でも妻は、我が身を省みるどころかますます意固地になりました。自分の正しさをわかってくれない世の中こそ洗脳されて汚染されてるんだって。早いとこ、心療内科かどこか、無理やりにでも連れて行くべきだったのに、腰が重いわたしもいけなかった。手をこまねいている間に、おかしなセミナーやらに貯金をごっそり吸い上げられ、ローンまで組まれてました。後の祭りです」

「警察とかは」

マリーゴールドがおずおず尋ねる。

「もちろん行きましたけど、詐欺罪って構成要件が結構難しいんですよ。妻は納得して金を払ったわけですし、こっちもほとほと疲れてしまいましてね。弁護士雇う金もなく、損切りといえば言葉は悪いですが、離婚しました。四十年の結婚生活がこんなことで崩壊して、蓄えてきたものはすっからかんで、今はただただ空しいのひと言につきます。あんな、なんて言うか、ポッと出の病気のせいで平穏な人生がぶち壊されてしまうなんて」

だから、今回の条件付き集団自殺を呼びかけたのか。妻でなく自分を殺すと決めたあたりに彼の人となりが表れている気がして苦しくなった。重苦しい沈黙で満たされた車内は咳をするのも憚られる雰囲気で、せめて窓を開けて新鮮な酸素を取り込みたいのに冷え性だという毛利がいるからそれすらできない。

「じゃ次、わたし、いいですか？」

この空気の中、進んで発言できるマリーゴールドに尊敬の念を抱いた。同時に、まずい流れだな、とも。このままだと僕の番が回ってきてしまう。

「わたし、看護師だったんです。女の子でも一生働ける職業に就けって母親からうるさく言われて、そう熱心じゃなかったけど、まあまあ楽しく働いてました。三年前までは」

そこからの話は僕もニュースやＳＮＳで見聞きしていたものではあったが、当事者の口から語られると、とても重く暗く胸に迫ってきた。
「パンデミックになって、まず勤務が大変でしょ。深夜も休日もあったもんじゃない。どっかの病院でクラスターが発生して、その原因が食事の時にマスク外して雑談したせいだってわかると、休憩時間の私語すら許されない。医療従事者に感謝のメッセージとか演奏とか、悪いけどほんとどうでもよかった。お願いだから何もしないでって感じ。あ、でも芸能人が差し入れてくれた焼肉弁当はおいしかったなあ……いろいろありましたけど、病院内で起こることなら、お仕事モードで心を殺してどうにか乗り切れるんですよね。スイッチが切り替わるみたいで。心底いやだったのは、マスクや消毒液が品薄だった頃に近所の人とか親戚が『なんとかならないの？』ってしつこく言ってきたこと」

僕自身は、パンデミック前から半ば引きこもり生活でさほどの苦労はなかったが、流行初期の騒動はよく覚えている。マスクを求める人々が薬局の前に列をなし、転売が横行し、窮余の策として手製マスクが広まると布やゴム紐まで品切れを起こした。消毒液の代わりにとアルコール度数の高い酒を買うやつもいたらしい。今となっては「馬鹿馬鹿しい」のひと言に尽きるが、あの頃は誰もが切実だったのだ。

「職場のものを持ち帰れるわけないし、病院だってぎりぎりの状態だったのに、ほんとはあるんでしょうとかお宅だけ確保してるんじゃないのとか粘着されて、それでも突っぱねてたら今度はわたしを病原菌扱いですよ。感染者と接触してるから危ないって、挨拶もしてくれなくなりました。当時は必死でしたから、構う余裕もなかったけど、状況が落ち着いてくると、徐々にむかついてきて。わたし、どうしてあんな扱いされなきゃいけなかったの？　あんな扱いをしてきた人たちは、どうして今、何食わぬ顔でわたしと接してるわけ？　って。パニック状態で身勝手な言動を取ってしまったんじゃなく、人間性の地金があらわになっただけとしか思えなくて、もう誰も信じられなかった。怒りの波が収まると、今度は無気力になりました。患者さんが亡くなろうが回復しようが、いっさい感情が湧いてこなくなったんです。心を殺してるうちに、蘇生の仕方を忘れたみたい。そのことに気づいた瞬間、自然に、もう生きてるのやめようって思ったからここに来ました」

「わかるよ」

親身な口調でつぶやいたのは、遠藤だった。

「俺はさ、一流の役者じゃなかったけど、仕事は途切れなかったし、わざわざ『好き』って表明するやつもいない半面、嫌われてもない、ふわっとした好感度みたいなものがあるんだって思ってた。でもあの炎上の時、びびりながらヤフコメ覗いてみたら『前から嫌いだった』って書き込みの多いこと……あちこちのドラマに顔出すから不快だったとか、こんな人気も実力もないやつがどうして今まで露出してたんだとか。俺はふわっと好かれてたんじゃなく、ふわっと嫌われてたんか、って、それがいちばん応えたな。ノリで叩いてただけだって言われたところで、今後出会うすべての人間を疑ってかかるんだと思うときつい」

「ですよね。世界って、ひと皮剝けたらこんなに醜悪なのかって。とても見てらんない」

マリーゴールドも相槌を打ち、ふたりがにわかに接近したようで僕はちょっと面白くなかった。でも、快も不快も好も悪も、もうすぐ存在しなくなるから。

「残りはおふたりですね。何だか百物語みたいになっちゃいましたが」

悟ってみせようとした途端、毛利の言葉でじわっと汗ばんでくる。

「あ、もちろん無理にとは言いませんよ。ちゃんとした理由があるって信じてますから」

「あるよ」

毛糸モスが迷いなく答えた。どうしよう。内心で慌てていると「その前に、ちょっといい？」とマリーゴールドが割り込んだ。「どうしても気になるから確かめときたいんだけど、あなた、何歳？」

唐突な問いに思わず後部座席を振り返ると、マリーゴールドは毛糸モスをじっと見つめていた。

「未成年の参加はNGって条件もあったよね？」

「……十八」

そう言って毛糸モスはそっぽを向く。

「証明できるものある？　学生証とか」

「そんなの持ってきてるわけないじゃん！」

確かに、幼い印象ではあった。でも女の子の年齢を正確に言い当てられる自信はないし、マスクと眼鏡で顔がほとんどわからないから、単に小柄なだけかと思っていた。

「じゃあ、応仁の乱が起こった原因は？」

「は？」

「最近のテストは記述式の解答が多いんでしょ？」

「おい、あんたは正解知ってんのか？」

遠藤の問いにマリーゴールドが黙る。

「それじゃ意味ねえだろ」

「誰か知ってるかと思って」

「無理だって……おい、兄ちゃん、ニンジン大嫌いだっけ？　頭よさそうだから何か問題出してやれ」

とんだ無茶振りだ。そしてニンジンは嫌いじゃない。僕は高校の授業で習ったことを必死に思い出す。

「ＳＶＯＣとか？」

「何だそりゃ、ブランデーの銘柄か」

「いえ、英語の動詞とか……僕もあやふやなんですが」

「だから意味ねえんだって！」

「てか、十八だって言ってんじゃん、しつっこいなあ！」

人生最後の日の会話とは思えない応酬だった。

「わたし、六十六なんですよ」

毛利が口を挟む。

「あんたの年齢は疑ってねえよ」

「いいえ、そうではなくて、十八＋四十八ですから、干支が同じはずです。毛糸モスさん、干支を答えてください」

結局、古典的な質問が有効だったらしく、毛糸モスは膝の上でスマホを握りしめている。

「ねえ、本当のこと言って」

「……十二歳」

それはさすがに予想外で、遠藤なんか目を剝いて仰け反っていた。

「十二！　小学生じゃねえか」

「中一だよ」

「どうして死にたいなんて思ったの？　いじめられてるとか、おうちのことで悩みがあるとか？」

少女はぶんぶん首を横に振ると、ひと言「顔」と漏らした。

「顔？」

「あたし、自分の顔嫌いだから。子どもの頃からずっと」

「いや、今も子どもだろ……」

「おじさん、うるさいなあ。いやでいやでしょうがないの。鏡見るたび吐きそうになるほど嫌い。だからマスクしてるとちょっとだけ楽だった。みんな息苦しいって言うけど、あたしは、マスクしてる時だけ楽に呼吸できる。全員マスクだから人の顔見てコンプこじらせなくていいし、リモートばっかで会わなくていいのも嬉しかった。ずっとこうならいいのにって思ってたけど、もう終わっちゃった」

「マスクは別に続けたっていいじゃない。今だって街中で半分くらいは着けてるし」

「でも、いつまで着けますかみたいなアンケあるじゃん。それって外したほうがいいってことでしょ。クラスの子からも『何で着けてんの？』って圧感じるし、この顔で生きてても一生ケイト・モスになれないの確定だし、もーやだ来世しかないって思って」

「短絡的すぎんだろ」

遠藤がずけずけと言った。

「ていうか十二はやばいって。絶対、俺らがそそのかしたみたいに思われるよ」

「そんなことない。ちゃんと遺書書いてきたもん」

「それでも、大人と十二歳が心中したら絶対に大人が悪者なんだよ。俺らの主張なんか無視されるに決まってる、死に損だよ。そもそも、『パンデミックで人生を壊された』っていうのとも違うだろ」

「違わない。みんながマスクして、直接会わない生活がこんなにも幸せって知らなかったら、今みたいに絶望しなくてすんだ」

「屁理屈言うな。とにかくお嬢ちゃんは帰れよ」

「やだ」

「そんなに早まらなくてもいいと思うよ」

遠藤の高圧的な物言いに毛糸モスが態度を硬化させるのを見かねてか、マリーゴールドはやさしく語りかけた。

「あなたのコンプレックスは醜形恐怖っていう症状だと思うから、一度お医者さんに相談してみたらどう？　保健室の先生でもいいし。どうしても自分の顔が嫌いなら、大人になってお金貯めて整形するって選択肢もあるし」

「そうだよ」

僕も加勢しなければいけない気がして、柄にもなく口出ししてみる。

「さっき調べたら、ケイト・モスだって身長が百六十七センチしかなくて、モデルとしては恵まれた体格じゃなかったって。それでもスーパースターになれたんだから」

「だいたい、またすぐに感染爆発するだろ。ウイルスが人間の都合なんか聞いてくれるわけねえのにノーマスクで浮かれてたらさ。そのうち手の平返してマスクマスクって言い出すんじゃね」

「あーもう、うっさいなあ‼」

突然、毛糸モスが叫んだ。

「感染爆発って、何言ってんの⁉　あたしは人が死ねばいいとか苦しめばいいなんて思ってない！　そんなこと願うくらいなら生きてたくないの！　みんな死にたくて集まったくせに、どうしてあたしにだけ生きろみたいに言ってくるの？」

「それは、あなたがまだ子どもで、将来があるから……」

「将来とか未来とか可能性とか、うざいんですけど。ここで死ななくても、将来お姉さんみたいにやっぱ無理って死ぬかもしんないじゃん。だったら一緒じゃない？　十年とか二十年違ったからなに？　あたしが子どもだから、あたしの悩みは大したことないの？　死ぬほどのことじゃないって否定されるの？　あたしのつらさはあたしにしかわかんないのに！」

マスクが吹っ飛びそうな勢いで叫ぶと、膝を抱えてひんひん泣き出した。マリーゴールドがそっと背中をさする。遠藤は、苦虫を嚙みつぶしたような仏頂面だった。面倒な展開になったと思っているのだろう。

「とりあえず」

毛利だけが変わらずマイペースに見えた。

「彼女の件はひとまず措いて、キュウリ大嫌いさんの話も伺ってみませんか？」

来た。僕はごくりと唾を飲んだ。言いたくありませんと突っ張る度胸も、即興でそれらしい理由をでっち上げられる機転もない。それに、遺書にしたためるだけでなく、誰かに聞いてほしい気持ちも確かにあった。反応は容易に想像がつくけれど――。

「僕が悪いんです」

とうとう、告白した。

「このパンデミックは、僕が引き起こしたんです」


僕は売れない小説家で、デビューから八年で出せた本は三冊、いずれも鳴かず飛ばずの初版止まりだった。今も実家暮らしの「子ども部屋おじさん」としてほとんど部屋から出ず、両親の貧弱な脛を貪り続けている。

子どもの頃から、文章を書くのは好きだった。授業中も休み時間もノートに自作の物語を綴るのに夢中で、友達がいなくても平気だった。

最初の事件は、小学五年生の時。絵に描いたような「悪い一軍」のクラスメイト、児玉くんが僕のノートを取り上げ、「朗読の練習しまーす」とクラス全員に聞こえる大声で中身を読み上げた。いつかは誰かに読んでほしい、とひそかに夢見てはいたが、こんなかたちで晒し者にされるのは恥辱でしかない。挙句、「つまんね」とノートはゴミ箱に投げ入れられた。

——お前、才能ないよ。

許せなかった。しかし実力行使など不可能な三軍の僕は、燃え盛る怒りを鉛筆でノートにぶつけるしかなかった。何かが乗り移ったかのように右手は猛スピードで動き、ひとりのいじめっ子が両親の離婚によって転校を余儀なくされ、転校先ではいじめられっ子に〝降格〟し、やがて不登校になるという短い物語を夜遅くまでかかって書き上げた。真っ白な頭から自動書記も同然に生まれた暗い妄想に過ぎず、翌日には書いたことさえ忘れていた。

なのに、一週間後、児玉くんは本当に転校してしまった。担任は「家庭の事情で」と濁していたが、その後クラスで「親が離婚したんだって」という噂が流れた。僕は、嬉しかった。ノートに書いたのと同じようないじめ——給食にチョークの粉を入れられるとか、体操服の股間に赤い絵の具をぶちまけられるとか——を受ければいいのに、と内心でほくそ笑んだ。

二度目は、大学四年生の時。

就職内定が取れない僕のためにと、両親が遠い親戚に口添えをお願いした。法事か何かで顔を見た記憶がないでもない、という間柄のその男は、家に来ると出前の寿司桶を抱え込むようにしながら食べ、飲み、僕に向かって「覇気がない」「それでも男か」などと難癖に近い説教を延々とかましてきた。大手企業の管理職に就いている自分の武勇伝や成功体験も交えた独演会は四時間にも及び、「どうせ打ち込んでるものもないんだろう」と小鼻を膨らませる男に、母親が「この子、小説を書いていまして……」とフォローのつもりで余計な情報を与えた。するとやつはとても嬉しそうに、にたぁ……と陰湿な笑みを浮かべ、いっそうかさにかかって僕をこき下ろした。

——お前みたいなやつが小説なんか書いたところで、時間の無駄だよ。どうせオタクだけが喜ぶくだらないやつだろ？　かわいい女の子が出てきて、ちょっとエロくて、童貞のオカズくらいにしか使えないような。真っ当な人生歩みたけりゃ、そんな気色悪い趣味は捨てて風俗でも行ったほうがましだぞ。まあ、往々にして親のレベルに応じた子どもが育つんだよなあ。

手土産用の寿司折まで追加で注文させ、上機嫌で男が帰って行った後は、両親も僕も疲れ果てていた。就職の斡旋の話などは一度も出なかった。ごめんな、と父親から謝られたが、そもそもふがいない自分のせいなので何も言えなかった。しかし、ただ飯をたかってご高説を垂れ、ひとり悦に入っていた男の恍惚とした表情を思い出すと頭の血管が焦げつきそうな憤りを感じた。あいつは丁重におもてなしした親心に付け込み、エサだけちらつかせて一方的に搾取し、侮辱した。絶対に許せない。

僕は朝まで一睡もせず机に向かった。男は長年にわたり職場の金を横領していたがとうとう露見し、ご自慢の会社を追われ、借金を背負い、妻子からも捨てられるというストーリーだった。小五の時と同様、鉛筆の先から言葉が迸り続け、いっさい頭を使わず書き上げた。そして男のことも、書いた小説のことも忘れた数ヵ月後、母親から突然告げられた。

——ねえ、ちょっと前、うちに呼んだおじさんを覚えてる？　あの人ね、会社のお金使い込んでてクビになったらしいの。警察沙汰にしない代わりに懲戒解雇で、家を売って弁償してもまだ返済が残ってるって話よ。奥さんも、お子さん連れて逃げ出したって……就職の口利きなんてお願いしなくてよかったのよ。

あの夜の男の笑顔、あの日の児玉くんの笑顔が脳裏に浮かんだ。あまりの符合に恐ろしくなり、もうこんなことが起こりませんように、と祈った。いくら嫌いな相手でも、寝覚めが悪い。単なる偶然だ、自分には関係ない、と言い聞かせ、頭の中から追いやっていた。

四年前、「三度目」が起こるまでは。

手書きの小説原稿百枚余りを、担当編集者が紛失した。酔っ払って、封筒をどこかに置き忘れたのだという。担当はその旨を電話で僕に伝えると、謝るより先に「コピーとかないんですか？」と責めるように尋ねた。

——いつもはコピーを取るんですが、今回余裕がなくて。集荷の時間が迫っていたので……。

——困りますよ、今回に限ってそんな。時間がなかったなんて言い訳でしょ？

——すみません。

——それに、前から言いたかったんですけど、今時アナログの原稿なんて許されるのはベテランの売れっ子先生だけですからね。打ち直すこっちの手間も考えてくださいよ。

——はい、改めてパソコンで清書したものを送ります。まだ記憶も新しいのですぐに……。

——あ、あ、いいですよ今回はもう。

担当の声が急に朗らかになった。

——え、どういうことですか？

——今回のやつ、ＯＫは出しましたけどプロットからぱっとしなかったし、ちょうど、なる早で載せたい新人さんの原稿がありますんで。

——でも雑誌の予告に名前が……。

——大丈夫、そんなの誰も気にしませんって。またの機会に依頼させてもらいますから、じゃ、そういうことで！

一方的に通話を切られ、僕はスマホ片手に呆然と立ち尽くしていた。子どもの頃から寝起きしている六畳の洋室。机とベッドと本棚でぎゅうぎゅうの、僕の世界の真ん中で。そしてのろのろとノートを開き、何も考えないまま鉛筆を走らせ始める。食事も睡眠もろくに取らず数日間かじりつきで書いた物語は、未知の感染症に人類が脅かされて多くの死者を出し、その担当も生死の境をさまようという内容だった。

　車は、細い未舗装の道に入り込んでいた。道の両脇から梢（こずえ）が覆いかぶさり、緑のトンネルの中を進んでいるようだ。

「……おいおい」

　僕の話を聞き終えると、遠藤は両手で頭を抱えた。

「勘弁してくれよもう。未成年が紛れ込んでるだけで大概困ってんのに。あんたがノートに書いたことが現実になる？　ありえないだろ」

「そういうふうに言われるとは思ってました。でも本当のことなんです。だって僕は、あの時ノートに書き殴るまでパンデミックのネタなんて頭の片隅にもなかった。なのに、中国の都市から感染が始まって日本にも広がり、『緊急事態』という名目で人々の外出が禁じられ、病院がパンクしたことまで書いてあったんです」

「その小説のラストは？」

「例の担当が苦しんでるところで終わります」

「ちゃんとオチつけろよ」

「僕が考えたというより、半ばトランス状態で書かされてるって感覚なんです。自分ではコントロールできません」

だからこの三年間、苦しかった。この物語はいったいどうなるんだ、と世界中の誰よりもはらはらしていた。

「その担当はまじで罹（かか）ったのか？」

「確かめてはいませんけど、おそらく」

話にならないというふうに遠藤がため息をこぼす。

「きみの主張が本当だとして、それは予知能力とか予言じゃないの？」

今度はマリーゴールドから問われた。

「思い詰めて死ぬようなこと？」

「わからないんです。予知かもしれないけど、怒りで我を忘れた時に書き殴ったことを現実にしてしまうのかもしれない。もし後者だったらと思うと、罪悪感と恐怖でどうにかなりそうで。皆さんの人生を壊したのは僕かもしれません。この先、生きていて、もっと腹が立つ場面に遭遇したら、それこそ人類滅亡の物語を書いてしまうかもしれない」

「作家先生らしい想像力ではありますね」

毛利もまったく信じていない口調だった。

「腹いせに書くんなら、宝くじ当たるとか美人女優と結婚するとかにしろよ。そんでいやなやつ見返すほうがすっきりすんだろ」

「だからそれは自分じゃどうにもできないんです。たぶん、ポジティブな方向にはいかない」

「ポジティブじゃないから死んじまおうって?」

「そうです」

「こっちはいい迷惑だよ。一緒にされたくない」

「何でそんなこと言うの?」

それまで黙って聞いていた毛糸モスが抗議の声を上げる。

「ほんとにつらくて、覚悟決めてきょう集まったんでしょ。自分のせいで『デスノート』みたいなことになるって思ったらめちゃめちゃ怖いよ。死ぬ理由なんかそれぞれでいいじゃん。何でおじさんがありとかなしとか決めるの?」

「いや、でも普通に考えて」

「普通とかどうでもいい。あたしの顔だって、親も友達もブスじゃないって言ってくれる。でもあたしが耐えられないの。無理なの。周りとか普通とか、意味ないんだよ。ていうか人にあれこれ言うんならおじさんこそもっと頑張れば? オーディションいっぱい受けるとか、YouTubeやるとか、道はあるじゃん。本当に、ひとりも助けてくれる人はいないの？　おじさんの演技が見たいって人はいないの？　違うでしょ。違うけど、もうめんどくさいからいないことにして逃げたいんだよ。あたしたちに偉そうに言えんの？」

「お前に何がわかるんだよ！」

遠藤が声を荒らげても、毛糸モスは怯まなかった。

「そう、それ。あたしがおじさんに思ってること」

僕は、少女に庇われている自分が情けなくなってきた。やっぱり場違いだったのだ。でもここで車を降りたって——。

「あのう、盛り上がっておられるところ恐縮なんですが」

運転席から声がかかる。

「もうすぐ、到着です」

木漏れ日が躍るトンネルを抜け、急に広場のようなところに出た。Uターン用のスペースだろうか。ただ、そこにはすでに一台の白い車が停まっていた。

「ねえ、人がいるんじゃない？」

「みたいですね。どうしましょう、このまま待つか、いったん引き返すか」

「おい、アホなカップルが盛ってんじゃねえだろうな」

「ちょっと、子どもの前でやめなさいよ」

「……えっ」

速度を落としそろそろと進入していた毛利が不意にちいさく叫び、全員の視線が集まる。

「……あの車、外から目張りされてます」

よく見てみると、透明な粘着テープがドアの継ぎ目にべったり貼り付けてあった。窓にはスモークフィルムが貼られて中がよく見えない。不吉な予感しかしない。まじかよ、と遠藤がつぶやく。

「ちょっと、ようすを見てきます」

毛利の決断は早かった。車を停め、シートベルトを外す。

「あ、じゃあわたしも」

「いえ、ここで待機しててください。お力が必要ならすぐ呼びますから」

そう言い残すと、十メートルほど離れた白い車まで小走りに向かう。遠藤が「どうすんだよ」と誰にともなく言った。毛利は中を覗き込んだ途端顔を背け、今度はひどく重い足取りで戻ってくると運転席に倒れ込むように車内に入り、ふーっ、ふーっ、と荒い息をつく。

「毛利さん、大丈夫ですか？」

僕の問いかけに頷きはしたものの、ハンドルに顔を伏せて肩や背中をふるわせている。

「すみません、ちょっと動揺してしまいまして……車内で亡くなっておられました。ひと目でわかる状態です。マリーゴールドさんも、看護師だったからって見ないほうがいいです、あんな……人は、人間は、死んだらああなるんですね。わたしは、恐ろしい」

かける言葉もなく、四人の間で戸惑いの視線が交錯する。毛糸モスがやや鋭い口調で「ねえ」と言った。「おじさん、さっき『どうすんだよ』って言ったよね。あれ、どういう意味?」

「どうって……」

「死んでたらどうしようって意味? それとも、死んでなかったらどうしようって意味?」

もし、何者かが車内で自殺を図り、まだ生きていたら――それは、僕たち全員の頭に浮かんだ自問だったと思う。通報するのか、しないのか。死にに来た自分が、〝同類〟の命を助けようとするのは矛盾していないか?

僕たちは、本当にここで死ぬのか?

遠藤は答えに窮する。マリーゴールドが真剣な面持ちで「提案なんだけど」と切り出した。

「きょうのところは、やめにしない? 土壇場で怖気付くのかよって話だけど、実際、生々しい車とか見ちゃうとね……それに、先客がいる場で決行するのはいやだなあ。気分的に」

僕も同感だった。

「あと、こんなこと言われても困るかもしんないけど、みんなの事情聞いて話したりしてるうちに、あなたたちに情が芽生えたっていうか……死なれちゃったら寂しい」

「俺だってそうだよ。お嬢ちゃんがどんだけ言い張ろうが、死ぬことはないだろって思う」

「あたしだって」

毛糸モスが同調する。だから僕も「僕だって」と続いた。そうだ、ここにいるメンバーに、むごたらしく死んでほしくなどない。短いドライブの間に、僕は当初と違う仲間意識を感じ始めていた。それぞれに苦しんで集まった人たち。悩みの軽重など他人には量れないが、この五人で巡り会ったことに意味や価値があったと思いたい。そのためには、生きていなければならない。

「——では、」

いつの間にか復活していた毛利がまとめた。

「次回未定、の延期ということでよろしいですか?」

ほかの全員が同時に頷く。

「こんなこともあるんですねえ、状況は何も変わっていないのに、わたしもどこかすっきりしたような気持ちです」

「警察に通報しますか?」

「後で公衆電話から匿名でしておきますよ。皆さん、事情聴取とかはいやでしょう。すみませんが、まだちょっと手がふるえてまして、もうすこし時間をください。あ、そうだ忘れてた、行きしなにカフェでお茶を買ってあったんですよ」

毛利は助手席の紙袋を探ると、蓋つきのカップとストローを僕たちに次々手渡した。

「バタフライピーのお茶らしいです。人気だそうで、どんな味かは知らないんですが」

暖房とおしゃべり、それについさっきの緊張のせいで確かに喉はからからだった。「いただきます」とストローを挿し、勢いよく中身を吸い上げる。鮮やかな青紫色をしているが、これがバタフライピーとやらの色なんだろうか。味は、何の変哲もない紅茶だった。最初からシロップが入っているスタイルなのか、やたら甘い。

おいしいですね、とかどうでもいい雑談を交わしているうちに、舌とまぶたが重たくなってきた。昨夜ほとんど眠れなかったので、今頃眠気がきたのだろうか。それにしても、今まで経験してきた睡魔とは比べものにならないほどどろっと濃い、強烈な脱力感だった。

「すみません、僕、ちょっと体調が……」

こんなところで寝落ちなんて恥ずかしい、と思うのに呂律(ろれつ)が回らなくなり、手の中からカップが滑り落ちる。肩に何かが乗っかってきたと思えば、遠藤の頭だった。何だこれ、どうなってる？　必死でまぶたをこじ開けて顔を上げると、こちらを振り返っている毛利と目が合った。まったくの無表情で僕を窺うちいさな目は地底まで続く針穴のように黒く、およそ生きている人間のものとは思えなかった。

水に墨を溶かしたように、視界が黒くぼやけている。それがすこしずつ像を結ぶと、車の天井だとわかった。そして、覗き込んでくる少女の顔。

「あっ、起きたよ」

すると、マリーゴールドの声も聞こえた。

「大丈夫？　話せる？」

「はい」

どうやら、フルフラットにしたシートに寝かされているようだった。軽く頭を持ち上げると、傍らに毛糸モスが座り込んでいて、運転席にはマリーゴールド、助手席には遠藤の姿も見える。

「気分はどう？」

「頭痛と吐き気がします。でも大したことはないです」

「よかった。なかなか目を覚まさないから心配だったの」

「あの、毛利さんは？」

僕の質問に遠藤が顔をしかめた。

「お前、どこまで覚えてる？」

「え、お茶をもらって、飲んでたら急に眠くなって……」

「それ、一服盛られてたんだよ」

「え？」

とっさに上体を起こそうとした途端、くらっとめまいがした。

「あ、急に起き上がらないほうがいいよ。わたしが説明するね。ふたりには、きみが眠ってる間に話したんだけど」

「僕、そんなに眠ってたんですか？」

「一時間ちょっとかな。ふたりは三十分くらい。たぶん、少量に調節されてたんだと思う。バタフライピーのお茶って言ってたでしょ？　睡眠薬の中には、溶かすと青色に着色されるものがあるの。デートレイプドラッグとか聞いたことない？　ああいう犯罪防止のために。だからわたし、飲んだふりだけしてた」

「え、バタフライピーってだけで睡眠薬を疑ったんですか？」

それはいくら何でも洞察が鋭すぎないか。

「違う違う。えーとね、そもそもわたし、草の根活動というか、ライフワークというかで、SNSで自殺志願者を見かけたら止めて回ってるの」

「は……？」

「DMでやり取りしたり、電話で話聞いたり、実行に移しそうだなって時には会いに行ったり。それである日、毛利の――『動物園の冬』のアカウントを見つけた。うまく言えないんだけど、誘い方とかプランニングとか、妙に手慣れてる感じがしたのね。やばい予感がしたから、思い切って入り込んでみた」

「え、じゃあ、看護師とか、死にたいと思った理由とか」

「それは嘘。あらかじめ考えておいたそれらしい設定」

啞然（あぜん）とする僕の思考が追いつくのを待ってくれる気はないらしく、彼女はすらすら続ける。

「きょう、ナビもつけずに運転するあいつを見てて、ますますうさんくさいと思った。しかもわざと遠回りして、わたしたちが会話するように仕向けてたんじゃないかな。さっきの白い車も仕込みで、中には誰もいない。自殺者がいるように見せかけてこっちを怖がらせるため。だからひとりで見に行ったんだよ」

「何のためにそんな手の込んだ工作を……」

「推測だけど、『死にたくない人間』を死なせたかったんじゃないかな。上げて落とす、みたいな。死にたがってる人間を集めて、対話をさせて、自殺は苦しいってアピールして、やめとこうかって思いとどまらせてからやるの。せっかく死ぬのやめたのに、わけわかんなくて、怖くて、悔しいでしょ。それを眺めてたかったんじゃない？　ひょっとしたら、今まで足がつかずに自殺させた経験があるのかもね」

「最悪、キモすぎ」と毛糸モスが舌を出す。そういえば、いつの間にかマスクを外している。モデルになれるかどうかはわからないけれど、僕の目には「普通」のどこにでもいる女の子だった。

意識を失う寸前に見た毛利の顔を思い出す。あの真っ黒な眼差し。何か理由があって特定の誰かに向ける殺意や憎悪ではなく、ただの「悪意」だった。誰でもいいから傷つけたい、という無差別の欲望。樹木に巻きつき、絞め上げ、息の根を止めて咲き誇る藤の花をなぜか思い出し、鳥肌が立った。

「寝てるふりしてたら、毛利は車を出て、トランクから七輪と練炭を持って戻ってきた。車内で焚いて、目を覚ましたわたしたちがもがき苦しむのを見物するつもりだったんだと思う。わたしが車の外に飛び出して『位置情報を警察と共有してる』ってハッタリかましたら、すぐ白い車に乗って逃げてったよ。あれ、助手席側しか見えてなかったでしょ。運転席のドアには目張りなんかしてなかったんだろうね」

「それにしても、危ない橋渡るよな。あのおっさんが逆上して襲いかかってきたらどうするつもりだったんだよ」

遠藤が呆れ顔で指摘した。

「その時はその時かな」

マリーゴールドは平然と笑い、ストールをずらしてみせた。首筋に真一文字に走ったミミズ腫れ状の傷痕に、僕たちは言葉を失う。

「わたしも、未だに死に場所を探してるだけなのかもって思う。でも、みんなに命を絶ってほしくないっていうのは本音だよ。あなたたちの人生を変えることはできないけど、もしまた死のうとしてるのを見つけたら、止めるからね。さ、行こっか。駅まで送るよ。車は適当に乗り捨てちゃうから」

彼女の身の上話は、本当に嘘だろうか。毛利の身の上話も、でたらめだったのだろうか。真実も含まれていた？　わからない。もう一度会って確かめたいとは思わない。車が走り出すと、十分も経たないうちに遠藤がいびきをかき始めた。後部座席の毛糸モスも窓にもたれて寝息を立てている。

「まだ薬が抜けきってないのかもね。きみも遠慮せず寝ていいよ」

「いえ、大丈夫です。ところで、警察に通報しなくていいんですか」

「考えたけど、芸能人と未成年がいるでしょ。ふたりとも表沙汰になるのは絶対いやだって言うから。わたしも、正義感でやってるわけじゃないしね」

「表沙汰にされたくないっていうのは、生きるつもりがあるってことですもんね」

「そうそう」

死出の旅は、未遂に終わった。パンデミックを過去形にしようとする社会に一石を投じ、束の間の波紋を生むことはできなかった。でも、いつまで続くかわからない僕の人生にさざなみくらいは立った。

「ねえ、キュウリ大嫌いくん」

「その呼び方、やめてください」

「じゃあ、ペンネーム教えて」

「恥ずかしいんで勘弁してください」

あなたの本当の名前を教えてくれませんか——そんなことさえ言えない人生だけど。

「じゃあ、大好きなものを教えてよ」

「……カニクリームコロッケ」

「あはは、わたしも大好き。次、何かにキレて小説を書くんなら、一瞬で人類滅亡するやつにしてね」

マリーゴールドが言う。

「ウイルス系はじわじわつらいから、天変地異とかでひと思いに死ねるのがいい」

「僕には決められないんですよ」

「頑張ってよ」

「そう言われても……」

「そうしたら、どんなにこの世がいやになっても、頑張れる気がするの。いつかきみが、鉛筆一本で世界を滅ぼしてくれるんだからって。希望が持てる」

僕だって。死にたくなったら、ＳＮＳをさまよえばまたあなたに会えるかもしれない。たとえば、今度は『カニクリームコロッケ大好き』を名乗った僕が、マリーゴールドじゃないあなたと。それを楽しみに、生きていてもいいだろうか。

「……努力してみます」

「うん」

西日に照らされ、車は走る。冴えない苦しみの日々に帰るためのドライブ。この山道がどこまでも折れ曲がって続けばいいのに、というかなわない願いを乗せて、ごきげんな速度で。

違う羽の鳥　「小説宝石」二〇二一年　十一月号

ロマンス☆　「小説宝石」二〇二二年　四月号

憐光　「小説宝石」二〇二二年　十月号

特別縁故者　「小説宝石」二〇二三年　三月号

祝福の歌　「小説宝石」二〇二三年　五・六月号

さざなみドライブ　「小説宝石」二〇二三年　七月号

この作品はフィクションであり、実在する人物・団体・事件などには一切関係がありません。

一穂ミチ（いちほ・みち）

2007年『雪よ林檎の香のごとく』でデビュー。『イエスかノーか半分か』などの人気シリーズを手がける。2021年『スモールワールズ』が大きな話題となり、同作は吉川英治文学新人賞を受賞、本屋大賞第3位。『光のとこにいてね』が直木賞候補、本屋大賞第3位。近著に『うたかたモザイク』がある。本作で第171回直木三十五賞を受賞。

ツミデミック

2023年11月30日　初版1刷発行
2024年7月25日　　5刷発行

著　者　一穂ミチ
発行者　三宅貴久
発行所　株式会社 光文社
〒112-8011　東京都文京区音羽1-16-6
電話　編 集 部　03-5395-8254
　　　書籍販売部　03-5395-8116
　　　制 作 部　03-5395-8125
URL　光 文 社　https://www.kobunsha.com/

組　版　萩原印刷
印刷所　萩原印刷
製本所　ナショナル製本

落丁・乱丁本は制作部へご連絡くだされば、お取り替えいたします。

ISBN978-4-334-10139-8